BARFUSS DURCH DIE GALAXIE

Erzählungen

AF236026

Bibliographische Information
der Deutschen Bibliothek

Die Deutsche Bibliothek verzeichnet diese
Publikation
in der Deutschen Nationalbibliografie.
Detaillierte bibliografische Daten
sind im Internet über http://dnb.ddb.de
abrufbar.

ISBN
9783752684452

Herstellung und Verlag
BoD -Books on Demand, Norderstedt

Eberhard Traum

BARFUSS DURCH DIE GALAXIE

Erotische Erzählungen

Vier erotische Gute-Nacht-Geschichten, von Morpheus beeinflusst. Manchmal sind es Träume, die uns mehr beschäftigen als wir zugeben möchten.

Gewidmet sei das Buch all denen, die vom Blitz aus heiterem Himmel getroffen wurden oder auf Schleichpfaden dem Zauber der Liebe erlagen. Ob in den Bergen, an der See, in der Luft oder sonst wo auf der Welt.

Es gibt Menschen, die werden vom Zufall überwältigt, andere fallen der Liebe wider Willen zum Opfer.
Andere haben den Glauben an die Liebe verloren, werden aber trotzdem von ihr einfach eingeholt.
Zu welchem Personenkreis sich der Eine oder Andere zählt ist zweitrangig, denn allen ist etwas passiert, was sie nie wieder vergessen.

Der Autor

Sagitta und Vulpecula 8
www.astro-friends.com

Die Technik hilft, kann aber auch Hilfe verhindern. Schwer zu verstehen, wenn das Resultat sogar schmerzhaft ist.
Die anonyme Kommunikation zwischen den Menschen ist so ein Technikdebakel.
Das Schmerzliche daran ist, wenn der persönliche Kontakt durch Mails und App sogar unterbunden verhindert wird.

Unter dem Rücken
der Schwan 40
Manchmal plant nicht der Architekt

Man arbeitet lange daran, sich den absoluten Berufswunsch zu erfüllen. Hat man es geschafft, denkt man nicht im Traum daran, dass irgendetwas den Spaß am Beruf zerstören könnte.
*Aber wie so oft im Leben, gibt es Stolperstein - verbunden mit dem Namen **Frau.***
Und nichts kann Frau daran hindern, wenn sie nach den Sternen greifen will.
Da mischt sie sich sogar in Planungen ein, und seien diese Ideen noch so irre.

Duplizität der Ereignisse 60
Merkwürdige Begegnungen

Es gibt Dinge im Leben, von denen man behauptet, dass es sie eigentlich nicht gibt. Doch dann streut irgendjemand, mitten in unser Leben, unmerklich etwas Unvorstellbares ein. Vorsichtig werden wir auf etwas vorbereitet und bemerken es nicht.
Es werden Weichen für uns gestellt, damit wir etwas akzeptieren, was wir ohne die unbemerkte Beeinflussung vielleicht nie getan hätten. Seltsam, wie das Leben manchmal spielt.

Das Souvenir 86
Arabische Hinweise

Ein zufälliges Treffen zweier Menschen kann die unterschiedlichsten Folgen haben. Großen Einfluss haben sie darauf nicht unbedingt. Es entwickelt sich einfach.
Auch wenn wir glauben, wir könnten die Dinge lenken, ist es ein Trugschluss. Es passiert wann immer, wo immer und unerwartet.
Erstaunlich ist aber, dass eine Frau und ein Mann die Situationen unterschiedlich sehen und sie dem zufolge auch anders darstellen.

SAGITTA UND VULPECULA
www.astro-friends.com

„Na, soll ich ihnen helfen?", fragte Silvia eigentlich nur aus Höflichkeit.

„Nicht nötig, ich habe mit dem Aufzug kein Problem. Außerdem passt mein Rollstuhl ganz prima durch die Tür."

„Ist ja auch alles behindertengerecht gebaut, gottlob."

„Sie hinken ja", stellte der Rollstuhlfahrer etwas erstaunt fest, als Silvia im 5. Stock den Aufzug verließ.

„Ich habe mir das Bein gestoßen und muss die blauen Flecken aushalten, aber das wird schon wieder, machen sie sich keine Sorgen."

Silvia musste aufpassen, dass sie nicht zu doll hinkte, es war ihr ausgesprochen unangenehm. In solchen Situationen verfluchte sie diesen blöden Unfall vor vielen Jahren, bei dem ihr linkes Bein unterhalb des Knies zerschmettert wurde. Es wurde amputiert, weshalb sie jetzt mit einer Prothese leben musste.

Also nutzte sie lieber diese blöde Ausrede und versuchte dieses Manko überall, mit eisernem Willen, geschickt zu verbergen.

Nur Männern, die für sie Interesse zeigten, erzählte sie davon. Aber die ließen sie immer wieder sitzen, wenn sie von ihrer Behinderung erfuhren.

Sie gewöhnte sich daran und hatte damit abge-
schlossen, dass da ein Prinz daherkäme, der sie
akzeptieren und so nehmen würde, wie sie ist -
trotz Behinderung.

Silvia verließ also hinkend, nach dem wenig
aufregenden Gespräch den Aufzug. Sie hatte
dort seit etwa zwei Jahren ein Appartement.
Den Mann im Rollstuhl sah sie schon einige
Male, aber in welchem Stockwerk er wohnt,
wusste sie nicht. Sehr gesprächig war er
allerdings auch nicht. Guten Tag und das war's,
wenn man sich mal sah. Beim nächsten Mal
würde sie etwas netter zu ihm sein und
vielleicht einmal fragen, in welchem Stockwerk
er wohnt.
Er war ihr nämlich nicht unsympathisch, aber
halt im Rollstuhl. Sie ertappte sich dabei,
eigentlich genauso zu reagieren, wie alle
anderen Menschen, wenn sie auf einen
Behinderten treffen. Sie dachte an das Glashaus
und dem Steinwurf, und entschuldigte sich
gedanklich bei dem Mann im Rollstuhl.

Die Abende verbrachte sie vor dem Fernseher
oder las die Zeitung, bis ihr die Augendeckel
zufielen. Großartig weggehen war auch nicht so
ihr Ding, also war das mit Freundschaften auch
recht mager. Sie vereinsamte in diesem Haus
zusehends. Eigentlich kannte sie niemanden in
diesem 12-geschossigen Wohntempel.

Niemand hatte Zeit, jeder wollte für sich sein - zumindest machten alle den Eindruck - und fragen wollte sie nicht, denn das ist Privatsache. Sie wollte ja auch nicht belästigt werden. Die letzten zwei Jahre waren so aufregend verlaufen, wie wenn irgendwo in China ein Sack Reis umfällt.

Aber das sollte sich alles ändern, denn sie hatte sich einen Computer gekauft, der noch von einem Fachmann installiert und eingerichtet werden musste. Mit Internet, E-Mail und „Pipapo".

Damit hatte sie eine Verbindung zur ganzen Welt und konnte somit mit jedem so oft und so lange kommunizieren, wie sie Lust hatte.

Sie war ganz gespannt auf den Mann vom Computer-Service. Vielleicht einer, den es lohnt anzubaggern. Eine Flasche Sekt hatte sie jedenfalls immer für besondere Gelegenheiten im Kühlschrank. Aber das mit dem Anbaggern wurde nichts, denn der Servicemann schwitzte schon, in Anbetracht seiner enormen Körperfülle, beim Auspacken des Computers. Also blieb die Flasche wo sie war.

Anonym und deshalb sehr angenehm, würde sie demnächst korrespondieren können und alles beenden, wenn sie keine Lust mehr hatte. Sie freute sich darauf, und auch auf den ersten Besuch auf einer Internetseite – vielleicht einer Flirtline – das könnte spaßig werden. Vielleicht war da ja auch jemand, der wie sie etwas Abwechslung brauchte.

Silvia träumte eigentlich von einer Beziehung, aber die musste nicht mit Gewalt hergestellt werden.

Der erste Abend vor dem Bildschirm sollte ein Test werden und sie fand eine Adresse, die ihren Interessen entsprach. Sie war glühender Fan der Astrologie und verschlang darüber alles, wo und wann immer sie etwas finden konnte.

Auch vor Horoskopen machte sie nicht Halt, obwohl sie wusste, dass das nicht so ernst gesehen werden darf. Aber interessant war es allemal. Und ein paar Parallelen fand sie auch.

Als geborene Waage hatte sie so ihre Vorlieben, die sie in manchen Berichten bestätigt sah, auch wenn es oftmals unangenehm war, etwas zu lesen, was man so gar nicht für sich selbst in Anspruch zu nehmen bereit war. Es gab bestimmt andere Waagen, auf die es zutreffen würde.

Die Adresse im Internet wollte sie nun unbedingt mal testen, schaden konnte es ja nicht:

www.astro-friends.com

Sie nannte sich Vulpecula, nach einem Sternbild am nördlichen Himmel, weil ihr der Name so gut gefiel. Vulpecula war das Füchslein, und sie fand, dass es zu ihr passte. Sie war grazil, scheu und immer auf der Hut.

Mit der Frage, ob jemand in der Weite der Galaxie ihre Mitteilung empfangen würde, und dann antworten könnte, schloss sie den Beitrag einfach und wollte abwarten.

Eile war auch nicht angesagt, denn das mochte sie überhaupt nicht, deshalb waren ihr auch die Avancen einiger Kollegen im Büro, so zwischen Tür und Angel, zuwider.

Jeder wollte nur das Eine, und das gleich. Sie erinnerte sich an ein Gespräch in der Kantine des Betriebs, bei dem sich zwei Männer über sie unterhielten, und der eine sagte unverblümt, dass sie dabei ja liegen würde und die Prothese nur abschnallen müsste. Die jedoch könnte vielleicht irgendwo dagegen schlagen und klappern. Und das stört, es törnt ab.

Obwohl sie bei dem einen oder anderen Mann schon ins Schwanken kam, rettete sie sich immer mit irgendwelchen Sprüchen, der den Sicherheitsabstand zu den Männern wieder herstellte.

Sie konnte sich einfach nicht vorstellen, dass ein Mann sie akzeptieren würde, wenn sie ihre Behinderung präsentierte. Vielleicht nur das erste Mal im Bett, wenn es dazu kommen würde. Aber auf Dauer würde es wohl nicht funktionieren.

Sie wollte gar nicht daran denken, obwohl sie eigentlich dauernd daran denken musste.

Aber im jetzigen Falle hatte sie gegen eine schnelle Reaktion aus der Unendlichkeit der Galaxien nichts einzuwenden.

Silvia war sehr einsam und viele Freundinnen, denen sie auch nichts von ihrer Behinderung erzählte, wagten gar nicht zu fragen, warum sie so hinkt. Sie konnte nämlich auf die Frage richtig biestig werden.
Sie war sehr introvertiert und kapselte sich ab. Einladungen zu Partys bekam sie deshalb auch schon lange keine mehr. Und ins Schwimmbad... - sie könnte die Angst nicht überwinden, mit einem Bein ....
Dabei besaß sie den Schein der DLRG als Rettungsschwimmerin. Aber das war sehr lange her.
Man dachte einfach nicht an sie, denn sie tat nichts dafür, im Gedächtnis von Leuten zu bleiben. Da war ein Museumsbesuch schon ein Highlight. Oder ein Abendessen im Restaurant um die Ecke, sofern sie selbst dazu eingeladen hatte.
Und die Leute aus dem Wohnblock waren alle zu beschäftigt, da konnte kein Kontakt entstehen. Guten Tag und auf Wiedersehen, das war fast schon wie ein Redeschwall.
Zufrieden mit der anonymen und ersten Kontaktaufnahme, schaltete sie ihren PC ab und ging mit wachsender Neugier an dem Abend ins Bett.

Der nächste Tag war ein Samstag, also ein ganzes Wochenende, um im Internet zu surfen und auf eine Reaktion zu hoffen.

***

Sehr spät in der Nacht kam Mika Hellersen nach Hause, eilte sofort zum Kühlschrank und holte sich noch einen Absacker, ein kleines dunkles Bier. Er wird ruhig schlafen können danach.

Das Bier zu trinken, würde eine Weile dauern, so hatte er noch Zeit, im Internet auf seiner Lieblingsseite zu chaten.

Mal sehen, was sich am Tage ereignet hatte. Ihm fiel ein neuer Name sofort auf und er war begeistert, dass es mal jemanden gab, der auch einen Namen benutzte, der mit Astrologie zu tun hatte. Vulpecula.

Er brauchte gar nicht nachzusehen, denn Vulpecula lag am nördlichen Himmel direkt neben Sagitta.

Er wusste es so genau, weil er sich selbst diesen Namen gegeben hatte. Sagitta war der lateinische Name für Pfeil. Neugierig las er die wenigen Zeilen.

Er hatte so ein Gefühl, dass er auf die Frage, ob jemand in der Galaxie die Nachricht empfangen würde, gleich antworten müsste.

Er setzte sich sofort an den PC und hoffte darauf, dass es eine weibliche Vulpecula sein würde.

14

Eine Verbindung zu einer Frau, was für eine Sensation. Das wäre unglaublich. Es gab zwar einige im Chat, aber die waren nur darauf aus, dummes Zeug zu reden und nicht über Dinge, bei denen man den Kopf benutzen musste.

Vielleicht war das diesmal alles anders. Als Löwe war er bereit, auch Risiken einzugehen, wenn sie kalkulierbar waren.

Er begann also umgehend einen kleinen Brief, der durch die Galaxie zu Vulpecula gelangen sollte, noch in der Nacht. Er war ganz aufgekratzt und brachte einen Text zustande, den er sonst nicht so verfasst hätte. Er war eigentlich zurückhaltend und immer unverbindlich geblieben. Nun lenkte jemand seine Hand, der etwas im Schilde führte, und Sagitta lies es geschehen.

Mika war sehr müde geworden und jagte seine Nachricht noch durch die Galaxie, bevor er den letzten Schluck seines Bieres nahm.

Liebe/r Vulpecula,

Deine Nachricht hat die Galaxie durchdrungen und ich habe sie empfangen. Nachdem ich sie gelesen hatte, fühlte ich, dass ich sofort antworten muss. Deine Vorliebe für die Astrologie teile ich voll und ganz. Wir begeistern uns wohl beide stark für dieses Genre.

Wenn Du jetzt noch ein weibliches Füchslein sein solltest, wäre das, na wie wohl.....-galaktisch! Ich nenne mich übrigens Sagitta, was Pfeil bedeutet.

Und Vulpecula, nicht weit vom Sternbild Sagitta entfernt, liegt zwischen dem Schwan und dem Adler am nördlichen Himmel. Wir sind also ganz dicht nebeneinander, wenigstens am Sternenhimmel.

Vielleicht ergibt es sich ja mal, dass wir uns auch persönlich treffen und vielleicht näher kommen, wenn wir uns sympathisch sein sollten. Ich habe noch nie über Internet jemanden gefunden, bei dem ich den Wunsch verspürte, auch in näheren Kontakt zu kommen.

Das Gefühl habe ich bei Dir das erste Mal. Verzeihe, wenn ich so direkt bin, aber ich möchte einfach nicht hinterm Berg halten und gleich klarstellen, dass ich einen ehrlichen und sehr humorvollen Kontakt suche. Ernsthaftigkeit ist im Leben viel zu häufig vertreten.

Und bei der kurzen Lebensdauer des Menschen verpasst man unter Umständen etwas, wenn man zu lange die Gefühle hinterm Berg hält. Ich hoffe nicht, dass ich bei Dir Abwehrreaktionen ausgelöst habe. Es sei denn, Du bist ein männliches Füchslein. Dann entschuldige ich mich hiermit und biete trotzdem eine astrologische Kommunikation an.

Mehr über mich erfährst Du, wenn Du auch das Gefühl hast, mir antworten zu wollen – zu müssen.
Wenn nicht, werde ich Dich nicht weiter belästigen und bitte Dich, meine Zeilen zu vernichten. Sagitta, der Pfeil, wird dann vielleicht an einer anderen Stelle treffen müssen.

Einen lieben Gruß durch die Galaxie
Sagitta

Das werden spannende Stunden, bis er eine Nachricht erhalten würde. Und etwas unruhig, wie Löwen nun mal sind, wenn etwas Neues begonnen wird, könnte auch die Nacht werden.
Mika konnte sich nicht dagegen wehren, und ging mit Schmetterlingen im Bauch zu Bett.

Seine Nachricht, die durch den Äther flimmerte, war etwas länger, als geplant. Dafür durfte dann auch die Antwort, falls er eine bekommen würde, ruhig etwas umfangreicher ausfallen.
Er hasste es, wenn Leute Nachrichten versenden, die mit Akronymen und nichtssagenden Emojis gespickt sind und mehr an Wortfetzen erinnerten, als an ganze Sätze.

Mika hasste langweilige Berichte und Themen, die zu Big Brother passten.

Oder zu so aufregenden Weltmeisterschaften in einem „Wok“, der wackelnd mit Inhalt durch eine Bobbahn geschickt wird.

Oder kreischende und weinende dünne Mädchen, denen jemand klar macht, dass sie besser nicht über den Laufsteg gehen sollten. Das war nicht seine Welt.

Sagitta schlief, dank seines Absackers, doch ziemlich rasch ein und träumte von aufregenden Treffen in den Weiten der Galaxie. Vielleicht sogar mit Vulpecula, wenn sie denn ein Weibchen sein sollte. Er träumte davon, dass der Pfeil das Füchslein trifft.

Samstagmorgen

Vulpecula wälzte sich im Bett und fieberte dem vorbereiteten Ereignis entgegen. Um 7:00 Uhr konnte sie es nicht mehr aushalten und setzte sich vor den PC.

„Komm, komm - koooom, nicht ganz so langsam.“

Obwohl die Rechner immer schneller werden, konnte das Gerät Vulpecula diesmal nicht befriedigen.

Der Kaffee neben dem PC dampfte vor sich hin und wurde immer kälter, denn die Nachricht auf ihre Anfrage, die sich vor ihr ausbreitete, war so umwerfend, dass Vulpecula den duftenden „Wachmacher“ völlig vergaß.

Sie wusste überhaupt nicht, wie sie sich jetzt bewegen sollte. Was so ein paar Sätze alles bewirken können. Sie stand vom Stuhl auf, nahm die Kaffeetasse und pilgerte durch ihre Wohnung, von einer Ecke in die andere, und redete mit sich selbst.

„Ich muss jetzt ganz besonnen bleiben und ganz cool antworten. Nur nicht hastig werden und unüberlegt handeln. Vor allem nicht sofort, das macht einen ungeduldigen Eindruck."

Vulpecula saß trotzdem sofort wieder vor der Tastatur und bewegte ihre Finger wie ein Klavierspieler hin und her, um sie zu lockern. Immer kurz davor, etwas in den PC zu schreiben. Aber sie wollte es ja nicht mit Eile tun, also ließ sie es bleiben. Sie wanderte wieder auf und ab.

Endlich kam sie zur Ruhe und las noch einmal ganz konzentriert die Nachricht von Sagitta. Sie fand den Namen wundervoll. Und weshalb sollte Sagitta an einer anderen Stelle treffen?

Sagitta und Vulpecula erinnerten sie etwas an die Geschichte von Robin Hood mit Lady Marian. Der Schreiber wird doch nicht so ein Hallodri sein wie der? Aber, vielleicht sieht er so toll aus wie er.
Die Fantasie drohte mit ihr durchzugehen. Sie sah schon Dinge, von denen sie sich aber sofort wieder distanzierte.

Mit ungeheurem Kribbeln im Magen beschloss sie, erst am Abend zu antworten. Das musste reichen. Außerdem hätte sie ja auch weg sein können und daher die Nachricht erst spät lesen können. Oder sie hatte etwas Dringendes zu tun. Warum suchte sie eigentlich nach Entschuldigungen? Sie hatte doch gar keine Verpflichtung.

Sie hechtete auf ihren Stuhl zurück und begann die Antwort zu tippen, denn die Unruhe ließ sie nicht los. Da konnte nur die Tätigkeit am PC etwas ändern. Und wegschicken wird sie ihr Schreiben erst morgen. Wozu gibt es denn Speicher im Rechner?

Lieber Sagitta,
Vulpecula ist ein Weibchen. Ich habe die gleichen Gedanken wie Du und freue mich natürlich, dass wir eine Basis haben, auf der wir uns kennen lernen können. Ich bin 27 Jahre alt und Single, was ich auch ganz gerne bin.
Meine Haare sind eigentlich kurz, aber hin und wieder trage ich ein Haarteil dazu. Erstens macht es Spaß, sich zu verwandeln, zweitens wird man nicht uninteressant für die Männerwelt, wenn man sich ab und zu etwas verändert.
Ich bin 1,67 m groß, aber nicht ganz mager, trotzdem ist meine Konfektionsgröße 36. Blusen muss ich allerdings etwas größer kaufen, damit die Knöpfe nicht so spannen.

Was rede ich da bloß?
Früher habe ich viel Sport getrieben, was heute aus beruflichen Gründen nicht mehr geht. Ich bin Nichtraucherin und trinke gerne Sekt oder Wein. Und ich küsse gern, wenn es der richtige Mund ist. Ich liebe gepflegte Menschen und schöne Zahnreihen.
Ich kannte mal jemanden, der hatte einen Oberlippenbart, das kitzelte ziemlich, war aber nicht unangenehm.
Das soll es für heute über mich und im Allgemeinen gewesen sein. Ich freue mich auf eine Antwort.
Grüße aus der Unendlichkeit,
Vulpecula

Am liebsten hätte Vulpecula noch viel mehr von sich preisgegeben, aber das konnte sie später auch noch, denn es wäre bestimmt noch Zeit dafür.
Vor allem gehörte ja zur persönlichen Vorstellung die Sache mit ihrer Beinprothese, dafür hatte sie jetzt noch nicht den Mut.
Mit zitternden Fingern schickte Vulpecula ihren ersten Antwortbrief an Sagitta, in der großen Hoffnung, dass er sich nicht von ihrer teils sehr offenen Art überfordert fühlt.

Montag

Der erste Tag nach dem Wochenende konnte gar nicht schnell genug vergehen. Silvia hastete förmlich nach Hause, um sich endlich vor den PC setzen zu können und die Antwort zu lesen. Hoffentlich gab es eine.

Um zu vermeiden, dass vielleicht noch jemand anders an der Korrespondenz teilnimmt, hatte sie sich sofort eine Mailadresse eingerichtet, über die ab sofort der gesamte Briefkontakt ablaufen sollte. Sie wollte unbedingt aus diesem Chatroom heraus, wo jeder mitlesen kann. Denn wenn jemand die gleichen Interessen hat und dann noch die Astrologie, dann muss man denjenigen festhalten, war sie fest entschlossen. Diese Chance wollte sie nicht ungenutzt verstreichen lassen.

Wenn es nichts werden sollte, dann war es Pech, aber sie konnte sich nicht vorwerfen, es nicht versucht zu haben.

Erst aber musste sie ihre Hände waschen, denn im Fahrstuhl ist ihr wieder der Mann im Rollstuhl begegnet. Ihm fielen mehrere Rosenkohlköpfchen aus der geplatzten Tüte und sie half ihm, sie wieder in der Tüte zu verstauen. Dass er sie so ungeniert auf ihren Ausschnitt und den Busen schaute, fand sie gar nicht witzig.

Für Vorhaltungen und ein Gespräch hatte sie aber keine Zeit, denn ihr PC musste angestellt werden.

Die Nachricht von Sagitta war ganz wichtig.

Vulpecula verließ den Fahrstuhl früher und der Mann musste weiter nach oben. Eigentlich wollte sie ihn ja fragen, in welchem Stockwerk er wohnen würde, aber das war jetzt nicht mehr so wichtig. Sie war für solche Nebensächlichkeiten außerdem zu aufgeregt.

***

Die Mail von Sagitta beförderte Vulpecula auf Wolke 7. Sie hatte das Gefühl, sie müsste sich diesem anderen Stern in der Galaxie weiter öffnen, als sie es jemals vorher bei jemandem getan hatte.

Vulpecula und Sagitta traten in der Folgezeit in einen heftigen Briefwechsel, der sich dermaßen verselbständigte, dass sie beide in den tiefsten Intimbereich vorstießen. Beide genossen die Art ihrer Konversation und fürchteten eine Blamage, wenn sie sich treffen würden.

Gesagt hatte es aber keiner dem anderen. Sie versuchten zwar oft, mal einen Treffpunkt zu vereinbaren, aber immer kam etwas dazwischen.

Viele Male versprachen sich beide, wenigstens ein Bild zu schicken, vergaßen es aber beide immer wieder, weil die Post zwischen ihnen immer intimer wurde und dadurch äußerst spannend.

So hatten beide nicht den Drang, den anderen zu zwingen, unbedingt ein Foto zu schicken.

Sie beließen es bei erotischen Beschreibungen und genossen diese Art, sich kennen zu lernen. Dies provozierte neugierige Fragen und beflügelte die Fantasie.

Die Situation war eigentlich ganz komfortabel, so wie sie war. Sie lechzten beide nach den Briefen des anderen, da sie einen großen Teil ihrer Gefühle befriedigten.

Vulpecula war sogar so weit gegangen, dass sie sich fast nackt vor den PC setzte und sich mit verschiedenen Dingen stimulierte, wenn sie die Mails von Sagitta las. Nicht selten geriet sie dabei in die Nähe eines Orgasmus. Manchmal hatte sie sogar einen und musste sich ermattet hinlegen.

So auch bei einer Mail, die Vulpecula mehr als zehnmal hintereinander gelesen hatte.

Auf zur Sonne, liebe Vulpecula …!
Bei den Gedanken an Dich werden meine Träume Wirklichkeit. Ich habe Schwierigkeiten, beides auseinander zu halten.
Meine Träume und die Wirklichkeit, die miteinander zu verschmelzen scheinen, bringen mich in eine realistische Nähe zu Dir.
Unser letztes Erlebnis in meinem Traum war so gewaltig, dass ich es Dir schildern möchte.

Ein buntes flatterndes Kleid und Du, mit einer roten Rose im Haar.
Du stelltest mir die Frage: „Möchtest Du mit nach draußen kommen?

Aber ich muss dich verstecken", hattest Du ganz leise geflüstert.

Nun dachte ich, dass alles von vorn beginnt. Wieder unter das weite Kleid schlüpfen, wie schon vor einigen Wochen. Deinen Duft ganz nah spüren, das weiche Innere Deiner Schenkel fühlen. Aber da hatte ich mich vertan. Du hast mich an die Hand genommen und wir rannten durch einen nahen Wald.

Plötzlich standen wir in der Dunkelheit vor einem Heißluftballon. Er war schon hoch aufgerichtet und der Korb zerrte an den Halteseilen, als wollte er vom Boden abheben.

„Komm, wir steigen ein", sagtest Du. Nun bin ich noch nie mit einem Ballon gefahren, aber Du hattest den Eindruck vermittelt, dass es etwas ganz Normales und Einfaches sein müsste. Mir war nicht einmal bange, als wir in den Korb stiegen.

Eine kleine Lampe im Gestänge über uns erhellte gerade so viel, dass wir den Korb und die unmittelbare Umgebung erkennen konnten. Etwas sehnsüchtig schaute ich auf Deinen Po, und auch auf ein bisschen Schenkel, der sich blicken ließ, als Du in den Korb gestiegen bist.

Unter dem Rock zeichnete sich kein Slip ab, und der weiche Stoff Deines Kleides umschloss Deine herrlichen Brüste, ließ ihnen alle Freiheiten. Sie wippten leicht auf und ab. Ich war ganz gespannt, was das für eine Ballonfahrt werden würde.

Ein Kamelsitz, mit Fell belegt, war für uns beide groß genug, um im Schutz des Korbes sitzen zu können. Eine Ablage für Getränke und Gläser gab es auch. Ein Kübel mit einer Flasche Sekt hing in einer Ecke des Korbes.

Ein kleiner Ruck und wir stiegen auf. Du hattest die Seile gelöst, was ich gar nicht mitbekommen habe. Ich saß nur da und war zum Nichtstun verdammt.

Mit einem lauten Fauchen züngelte die Flamme nach oben in den Ballon und heizte ihn auf. Wir gewannen rasch an Höhe, aber in der Dunkelheit war das nur so eine Ahnung.

Die Flamme über uns bewegte sich durch den leichten Wind, so dass unsere Gesichter im Schein des Lichts mal gut und mal gar nicht zu erkennen waren. Es war erstaunlich warm in dem Korb. Es war windgeschützt.

Die Korbränder waren so hoch, dass wir gar nicht drüber hinwegsehen konnten, wenn wir saßen.

Und erstaunlich ruhig war es in der Gondel auch, keine Bewegung war zu merken. Der Wind hatte keinen Einfluss. Plötzlich erhellte Dich die Flamme wieder, weil Du sie hast fauchen lassen, um mehr Höhe zu erreichen.

Du warst nackt. Dein Kleid war weg. Ich muss gestehen, dass ich nicht einmal bemerkte, wie Du das Kleid ausgezogen hast.

„Ich habe es über Bord geworfen, ist doch nur Ballast gewesen", hast Du fast lächelnd erklärt.

Du hast so wunderschön ausgesehen, und die Flamme gab Dir ständig ein neues Aussehen. Mal tauchten die Brüste im Lichtschein auf, mal Dein Bauch und Deine Schenkel. Dein Körper verströmte einen ganz betörenden Duft, der mich gefangen nahm.

Ich wagte gar nicht, Dich anzufassen. Wie ein Kunstwerk, das man Angst hat zu zerstören. Ich saß in der Mitte des Hockers und Du hast dich breitbeinig draufgestellt.

Dein Körper tänzelte ganz dicht vor meinem Gesicht, weil angeblich weiter oben ein Hahn zu bedienen wäre und Du sonst nicht dran könntest.

Dies ganze Procedere war so verführerisch, aber auch irgendwie selbstverständlich, dass es mir langsam immer heißer wurde, meine Lust immer größer und ich damit anfing, meine Kleidung als Ballast zu entsorgen.

„Gut, jetzt steigen wir auch etwas schneller", sagtest Du erleichtert. Ich musste es glauben. Deine Turnübungen vor mir waren, in der überwiegend dunklen Atmosphäre, nur zu erahnen. Der Schauer, der mir über den Rücken lief, als ich es wagte, Deine Hüften zu ergreifen, ließ mich die verschiedensten Temperaturen erleben. Mir wurde kalt und heiß gleichzeitig.

Irgendwo oben am Gestänge musst Du Dich festgehalten haben, denn Deine Beine hast Du auf meine Schultern gelegt.

Du hast sie hinter meinem Rücken gekreuzt und Dein Becken ganz nah an mein Gesicht gezogen. Ich hielt Dich mit den Händen am Po fest und verlor augenblicklich die Beherrschung.

Da der Korb fast regungslos in der Luft stand, mussten Deine Bewegungen einen anderen Grund gehabt haben.

Du hast meinen Mund und meine Zunge beeinflusst, meine Sinne durcheinander gebracht - Dein leichtes und kaum vernehmbares Stöhnen verhallte in der Weite des nächtlichen Himmels. Ich schmeckte Deine Begierde, und tauchte ein in die heißesten Regionen Deines Körpers. Deine Schenkel drückten sich ein ums andere Mal gegen meine Wangen und steigerten dabei unablässig meine Lust.

Sie wirkten wie sanfte anspornende Ohrfeigen.

Ein erneutes Fauchen des Brenners und die Vibrationen Deines Bauchs vermischten sich zu einem eigentümlichen Finale, und die intervallartigen zuckenden Muskel Deiner Oberschenkel waren unterstützende Begleitung Deines erlebten Orgasmus.

Wir waren schon so hoch gestiegen, dass wir etwas verschwommen das Sonnenlicht am Horizont erkennen konnten. Es war nur noch eine Frage der Zeit, wann es hell werden würde.

Ich sah es zwischen Deinen Beinen hindurch, denn Du hast wieder vor mir gestanden. Die Flamme musste fauchen, wir mussten Höhe halten.

Der Horizont wurde immer heller und zwischen Deinen Beinen zauberten die Härchen Deines Schoßes der aufgehenden Sonne eine kunstvolle und fantasiereiche Frisur. Ich war ganz fasziniert von dieser aufgehenden Sonne.

„Komm, stell dich auch auf den Hocker", hast Du mich gebeten. Ich stellte mich hinter Dich, konnte Deinen Nacken liebkosen und mich an Deinen festen aufgerichteten Brüsten festhalten.

Leicht hattest Du Dich nach vorn gebeugt. Die Feuchte zwischen Deinen Beinen war wie ein Leitstrahl, der mich in Dich hinein führte. Fest und gierig hattest Du Dich gegen mich gedrückt. Ich hielt Deine Hüften und steuerte etwas Deine Bewegungen, die mich immer heftiger forderten. Ich spürte wie Deine Brustwarzen sich hoch aufrichteten und hart wurden.

Wir drückten unsere Körper gegeneinander und versanken in einem Taumel von Glückseligkeit, schrieen unsere ganze Anspannung heraus, während am Horizont die Sonne höher und höher stieg.

Eine ganze Weile haben wir stumm zugesehen, wie das Tageslicht uns langsam umhüllte. Dieser Sonnenaufgang war das Beeindruckendste, was ich mir bis dahin vorstellen konnte.

Inzwischen war es so hell geworden, dass uns die Sonne kräftig anstrahlte. Du hast Dich umgedreht und mich mit den Beinen umfasst. Festgehalten hast Du Dich immer noch am Gestänge über uns. Dein Bauchnabel war direkt vor meiner Nase. Meine Zunge umkreiste ihn und ich schmeckte Deine Lust.

Ich riskierte einen Blick nach unten und sah nur grüne Wiesen, aber aus ungeheuer großer Höhe.

In meinen Ohren knackte es mehrfach. Leicht trieb uns der Wind in eine unbekannte Richtung, und dort konnten wir sicher nicht unsere Kleidung wieder finden.

Das war mir auch ziemlich egal, als Du Dich ganz langsam und dicht an mir herunter gelassen hast. Dein Körper hinterließ eine glänzende Spur, die ich als sehr angenehm und warm empfand. Unsere Lust zeichnete sich auf meinem Oberkörper ab. Du wirst nicht weit kommen, sagte ich Dir.

„Ich weiß, das hoffe ich sogar", hattest Du geantwortet. Unsere Lust und das Verlangen aufeinander waren noch nicht gestillt.

Ich habe Dich umklammert und Dich festgehalten.

Ich habe mich mit Dir auf den Hocker gesetzt, der so kuschelig mit Fell belegt war.

Es begann etwas, das man in fast 500 m Höhe so nicht erwartet.

Die Sonne stand jetzt schon hoch am Himmel und tauchte uns in warmes Licht. Die Stille in dieser Höhe und Deine weiche Haut an meinem Körper, haben mich völlig vereinnahmt. Du hast mich nur angesehen und gelacht vor Vergnügen.

Du hattest Dich nach hinten gebeugt, ich hielt Dich an den Hüften fest, Deine Beine streckten sich gen Himmel und Deine Haare wehten um Deinen Kopf. Mit einem lauten Schrei der Lust bist Du mir in die Arme gefallen und hast mich festgehalten.

Auch ich konnte im gleichen Augenblick meinen Gefühlen nachgeben. Wir zitterten beide für wenige Sekunden, die uns das größte Glücksgefühl bescherten.

Ich empfand in dem Moment eine Einheit in Freiheit, wie noch nie zuvor. In der Höhe ist es uns beiden gelungen, das Gefühl von Lust, Glück, und ungeheuer viel Liebe entstehen zu lassen.

Wir waren uns nie zuvor so nah, wie gerade in diesem Augenblick.

Ich weiß nicht, wie Du es gemacht hast, aber plötzlich waren wir auf einer Wiese gelandet. Und unsere Kleidung war auch wieder im Korb.

In der Dunkelheit hatten wir wohl nicht weit genug geworfen, oder hatten wir nicht die Kraft weit genug zu werfen?
Ich glaube eher, dass wir die Kleidung einfach nur fallen ließen. Egal wie, es war einfach eine gigantische Ballonfahrt.
Ich danke Dir für meine schönen Träume, die ohne Dich nicht möglich wären.
Mit großer Sehnsucht,
Sagitta

Nachdem sie sich immer heftiger auf dem Sektor Intimität bewegten und die Mails eine Form annahmen, die den Wunsch nach persönlichem Kontakt ins Unerträgliche steigerte, beschlossen sie, nach der vielleicht 127. Mail, endlich den Schritt zu wagen und sich auch zu treffen. Und damit das nicht daneben geht, wollten sie sich auch endlich das längst fällige Foto senden.

Es war inzwischen Winter geworden und kalt. Der erste Schnee fiel und die Zeit war wie gemacht dafür, mit einem geliebten Menschen zusammen zu sein und zu kuscheln.

Außerdem stand Weihnachten vor der Tür. Das Fest, das man nicht gern allein verbringt. Sagitta schrieb zum ersten Advent an Vulpecula.

Meine geliebte Vulpecula,
wir haben sämtliche Tabus nach und nach über Bord geworfen. Wir kennen unsere Gefühle und sind sogar eifersüchtig auf Dinge, die es wahrscheinlich gar nicht gibt. Für Dich gibt es keinen Platz für einen anderen Mann und ich habe keinen für eine andere Frau.

Unsere Verbindung ist zu einer Liebe geworden. Die gegenseitige Zuneigung steigerte sich in ungeahnte Regionen, die wir nur durch ein Treffen beruhigen können. Es ist der sehnlichste Wunsch von uns beiden. Das haben wir schon oft geschrieben und sind uns auch darüber einig.

Unsere selbst gewählte Isolation bringt uns in eine fast ausweglose Situation, die wir beenden sollten, beenden müssen. Beide sind wir sehr einsam und lebten bisher nur für die erotische Korrespondenz, die uns in Hochstimmung versetzte.

Nun sollten wir es auch erleben. Ich komme mir inzwischen manchmal vor wie eine hungrige Raubkatze, die eine Beute im Käfig umstreift, auf der Suche nach einem Zugang.

Bitte sende mir mit Deiner nächsten Mail ein Bild, ich habe Sehnsucht danach. Ich selbst werde auch eines senden, aber muss erst noch ein Bild machen lassen. Das passiert aber heute noch.

Ich freue mich auf Deine Antwort und küsse Dich, auf Stellen, wo Du es besonders gerne magst.

Bis jetzt wissen wir nicht einmal, wie groß die geographische Entfernung zwischen uns ist. Hoffentlich nicht zu weit. Eine gefühlte Entfernung existiert ja nicht.
Mit großer Freude auf das Foto und großer Sehnsucht nach Dir,
Sagitta

Vulpecula geriet wegen der Mail von Sagitta ganz aus dem Häuschen, denn sie teilte seinen Wunsch und seine Ansichten. Die Beziehung zu ihm war etwas ganz Besonderes geworden. Es gab eine Nähe, die sie noch nie vorher empfand und auch sie sehnte sich nach ihm.

Beim Schreiben der Mails an ihn spürte sie die aufkommende warme Feuchte zwischen ihren Beinen ebenso, wie beim Lesen seiner Mails.
Sie zündete sich eine Kerze an und setzte sich an den PC, um den Brief zu beantworten. Für ihre Antwort musste sie ab und zu das Archiv anklicken, damit sie auf etwas Bezug nehmen konnte.
In den vergangenen Monaten brachten sie es auf je 127 Briefe, die auf mehreren Disketten gespeichert waren. In Sende- und Empfangsdisketten unterteilt. Die Dokumentation war ihnen beiden sehr wichtig, konnte man doch immer auf bereits gemachte Äußerungen des anderen zurückgreifen.

34

Alles wurde katalogisiert und war unter Stichworten in kürzester Zeit auffindbar. Das machte es möglich, dass man sich bis in die letzte Nervenbahn kannte. Dazu gehörten auch die Wünsche und Vorlieben.

Dann endlich erfüllte Vulpecula den Wunsch von Sagitta, und schickte ein Bild von sich per Mail. Sie hatte zwar etwas Zittern in den Knien, aber auch das Gefühl, dass mit Sagitta alles gut geht. Sie war sich ganz sicher, dass er über ihre Behinderung nur lächeln und sie einfach akzeptieren würde.

Ungeduldig saß Sagitta schon ganz früh am Morgen vor seinem Bildschirm und wartete auf Nachricht. Dann endlich kam die Meldung: Sie haben Post.

Er war so nervös, dass er nicht gleich das Bild betrachten wollte.

Er dachte, während das Bild hochgeladen wurde, die Zeit besser nutzen zu können und wollte sich schnell um die Ecke eine Flasche Sekt zur Feier des Tages holen. Der kleine Kiosk wird sicher schon geöffnet sein. Die hohe Auflösung des Fotos würde ein bisschen dauern, bis es in seiner ganzen Pracht sichtbar würde.

Es war Freitag, das Wochenende und der zweite Advent standen vor der Tür. Für die kleine Feier, mit dem Bild von Vulpecula, war der Sekt eine schöne Perspektive.

Wenn er zurück wäre, würde das Bild von Vulpecula zu sehen sein und er könnte mit ihr anstoßen. Sofort im Anschluss wollte er das Foto von sich senden.

Mika zog sich eine warme Jacke über, denn es schneite zum ersten Mal in diesem Jahr so richtig heftig. Kalt war ihm eigentlich gar nicht, denn die Erwartung, endlich ein Bild von Vulpecula zu sehen, erwärmte ihn und machte ihn euphorisch. Fröhlich verließ er seine Wohnung und pfiff leise vor sich hin.

Frost in den Adern

Nach drei Tagen, in denen VULPECULA von SAGITTA nichts hörte, schrieb sie schon ziemlich böse Mails an ihn. So hässlich würde sie nun wieder nicht aussehen, dass man sich nicht mehr melden könnte, teilte sie ihm per Mail mit. Und die Behinderung sei auch nicht so tragisch, weil eine Prothese das wunderbar ausgleichen würde.

Darauf erhielt sie endlich eine Nachricht.

Aber dass sie etwas in der Art bekommen würde, sprengte ihre Vorstellungskraft. Sie wusste nicht, wie sie sich verhalten sollte, denn der Inhalt der Mail machte sie mehr als betroffen, es drohte sie auf den Boden zu drücken.

Hallo Vulpecula,
„....... haben wir ihre Adresse und die Korrespondenz gefunden und müssen ihnen mitteilen, dass sie von Sagitta keine weitere Post mehr bekommen können. Er ist letzten Freitag mit seinem Rollstuhl tödlich verunglückt. Es tut uns sehr leid."

Den Unfall mit dem Rollstuhlfahrer aus ihrem Wohntempel kannte sie natürlich. Nun erfuhr sie auch seinen richtigen Namen.

Es war Mika Hellersen, dem sie im Fahrstuhl den Rosenkohl wieder eingesammelt hatte. Ihn wollte sie schon oft nach seinem Namen fragen, fand aber immer wieder eine Ausrede, es zu verschieben.

Silvia Steinle, alias VULPECULA, erlitt einen Weinkrampf und rannte humpelnd zur Briefkastenanlage des Wohnblocks.

Das Namensschild von Mika Hellersen war noch nicht entfernt worden. Sie wusste aber immer noch nicht, in welchem Stockwerk er wohnte.

Silvia Steinle war außer sich vor Traurigkeit und suchte nach allen nur erdenklichen Entschuldigungen. Aber Antworten auf ihre Fragen bekam sie nicht mehr. Es war zu spät. Beide verpassten die Chance ihres Lebens, weil sie keinerlei Selbstvertrauen hatten.

Hatte Mika sich wegen des Rollstuhls geschämt, sich mit ihr zu treffen? Aber sie selbst hatte das ja wegen ihrer Beinprothese auch nicht unbedingt als erstrebenswert erachtet, sich jemandem so zu zeigen.

Einmal im Leben hätte die Offenheit vielleicht zu Erfolg und Zufriedenheit geführt, aber sie wurde nicht genutzt. Nun erhielt sie stattdessen den Termin für seine Beerdigung mitgeteilt.

Sie machte sich Vorwürfe, dass sie Mika nicht an diesem Morgen in seinem Rollstuhl geschoben hat, er könnte noch leben.

Der starke Schneefall hätte der Grund für eine Konversation sein können, vielleicht der Beginn einer Freundschaft. Und trotz ihrer Beinprothese hätte sie ihn sicher durch den Schnee geschoben.

In einem Bericht der lokalen Zeitung stand in kurzen Sätzen, dass ein junger Mann, aus dem 11. Stock eines Wohnblocks, im ersten Schnee des Jahres, mit seinem Rollstuhl vom Gehweg direkt unter ein Auto gerutscht ist und sofort tot war.

Silvia zog sich zur Beerdigung von Mika schick an, öffnete auf ihrem PC den Ordner SAGITTA, stellte einen seiner Briefe sichtbar auf den Bildschirm, und verließ ihr Appartement.

Der Schluss im Brief lautete: .... *könnte ich mir vorstellen, dass ich in den endlosen Weiten*

zwischen Schwan und Adler auf Dich warten
werde. Irgendwann. In großer Liebe, Sagitta.
  (siehe Brief 36 vom 4. April)

Am nächsten Tag fand man die Leiche von
Silvia Steinle am Fischteich hinter dem großen
Wohnblock. Mit einem verführerischen Lächeln
auf den Lippen, genau so, wie sie es SAGITTA
schon hundertmal beschrieben hatte und wie es
auch auf dem Bild zu sehen war, das sie ihm per
Mail schickte.

Leider verlies Mika Hellersen die Wohnung zur
Feier des Tages, bevor er sich das Bild von
Vulpecula ansehen konnte. Dabei wären die
sechs Stockwerke mit dem Fahrstuhl, direkt zu
Vulpecula, einfacher gewesen. Auch ohne Sekt,
denn der stand bei Vulpecula immer im
Kühlschrank - für besondere Gelegenheiten
bereit.

UNTER DEM RÜCKEN
DER SCHWAN
Manchmal plant nicht der Architekt

Mein Name ist Ingo Bast. Mein Beruf ist Architekt. Ich war Gast bei der Einweihung des Hauses von Dr. Ilona Damme, Augenärztin. Sie befand sich, beim allgemeinen Rundgang durch das Haus, allein mit ihrer Freundin im Schlafzimmer ihres neu erbauten Hauses.
Ihrer Freundin erzählte sie ein bisschen von der Entstehung des Hauses und von mir, ihrem Architekten, der sich mächtig ins Zeug gelegt hätte. Auch bei ihr, seiner Bauherrin. Das interessierte die Freundin fast mehr, als die gelungene Architektur.

Und mich interessierte es, was die Bauherrin so zu erzählen hatte. Dass ich im Nebenzimmer war, wussten die beiden nicht. Wie auch, denn wenn sich Frauen in einem schlüpfrigen Gespräch befinden, vergessen sie gewöhnlich alles um sich herum.
Die beiden Freundinnen standen barfuss auf dem weichen Wollteppich, und waren ganz begeistert von den Möglichkeiten eines solchen Traums unter den Füßen – besonders die Freundin.

„Was für eine Idee, dieser Realität gewordene flauschige Gedanke", entfuhr es Ilonas Freundin.

40

Ilona erzählte weiter, und ihre Freundin war starr vor Neugier, hatte sie doch ebenfalls vor, mit ihrem Mann ein Haus zu bauen.

„Es ist schon erstaunlich, mit welchen Dingen man in einem langen Berufsleben konfrontiert wird. Es gibt Leute, die wählen einen Beruf mit dem Gedanken, ganz einsam und allein zu arbeiten, andere wieder ziehen es vor, mit vielen Menschen zusammen zu kommen.
So hat wohl alles seinen Reiz. Ich blicke halt den Menschen gern tief in die Augen. Da habe ich es als Augenärztin einfach. Bei Ingo besonders, er wusste es nur noch nicht.

Am Anfang unserer Geschäftsbeziehung sagte mir Ingo einmal, dass er in den ersten Jahren seines Berufes nur den Erfolg in seiner Arbeit sah. Wie mein Mann. Augen starr geradeaus, rechts und links Scheuklappen. Für mich als Augenärztin eine zu behandelnde Krankheit.
Ingo erklärte, dass alle Planungen, die er bisher machte, ohne Bedeutung waren, wenn man an der Frau des Auftraggebers – falls vorhanden - vorbei ging. Und dieser Ingo Bast ist ein Besessener in Sachen Architektur. Und außerdem noch ungemein attraktiv. Gefährlich attraktiv.
Die Gespräche mit ihm waren immer sehr locker und die Themen stets einer längeren Diskussion unterworfen, wenn es allein um Geschmacksfragen ging.

Und darüber lässt sich bekanntlich trefflich streiten. Immer wieder gab es Punkte zum einhaken. Gerade dann, wenn man glaubte, dass alles geklärt war.

Je länger die Gespräche dauerten, umso mehr gerieten die Meinungen auf ein Feld, wobei Zweideutigkeiten und hausgemachte Missverständnisse nur so blühen.

Bei mir bestand mehr die Lust auf ein Eintauchen in die unbekannten und tiefen Regionen der kleinen Geheimnisse der Baukunst.

Ingo erzählte mir einmal, dass die Frauen nicht nur den Ehegatten, sondern auch seine Planung, die Ausführungswünsche und damit auch ihn, voll im Griff hätten. Und das darfst du fast bildlich sehen.

Nichts beflügelt die Fantasie mehr, als der Sex einiger Bauherrinnen, so Ingos Ansicht.

Ich fragte ihn neugierig, was das eigentlich mit Sex zu tun hätte. Außerdem interessierte mich das enorm.

Dann erzählte er mir, wie eines Tages ein Bauherr mit Ehefrau in sein Büro kam.

„Ihre Proportionen stimmten einfach, es konnte einem die Luft wegbleiben. Und die körperliche „Haustür", die Augen, farblich auf die beeindruckende „Fassade" abgestimmt, wären bereits ein Kunstwerk. Und dann ihre „Fundamente", die mit einem Goldkettchen markierten Fesseln – ein Wunder der Natur!

42

Lassen wir den schönen „Balkon" einfach mal außen vor. Können sie jetzt verstehen, dass Architektur etwas mit Sex zu tun hat?"

„Bei so viel Poesie bleibt einem fast die Luft weg. Ist es da verwunderlich, wenn man von seinem Architekten mehr erfahren möchte?"

„Wie Recht er doch hat, Ilona", sagte die Freundin.

„Und dann erklärte Ingo weiter": „Was die Bauherrinnen betrifft, beziehen sich die meisten Dinge, die mit dem Hausbau - einmal im Leben – zu tun haben, auf andere Bereiche: ...komme ich beim putzen gut dran? ...wenn ich das überhaupt tun muss!
... sieht das auch hübsch aus? ... meinen Freundinnen muss es gefallen!
... ist es geeignet für die Lust?"

„Na, der hat ja Ahnung", entfuhr es der Freundin.

„Na ja! Und diese Bauherrinnen wären nicht nur trickreich bei ihren eigenen Männern, um an ein begehrtes Objekt zu gelangen, sondern auch bei ihm als Planer.
Da würde das „Ich – kriege – was – ich – will – Register" gezogen, koste es, was es wolle."
Das soll es gewesen sein, um diesen Planer darzustellen, liebste Freundin.

Du kannst deinen weit geöffneten Mund wieder schließen."

„Ilona, du wirst doch nicht etwa aufhören, ich möchte doch wissen, wie man auf die Idee kommt, einen solchen Teppich ins Schlafzimmer zu legen. Und allein diese Optik, ein Wahnsinn!"

„Na gut, ein bisschen Zeit, bis das Essen geliefert wird, haben wir noch. Komm, wir legen uns einfach lang ausgestreckt auf den besagten flauschigen Gedanken, der Realität wurde. Manchmal ärgerte es mich etwas, dass dieser Typ uns Frauen fast durchschaut. Mein Interesse an Ingo wurde immer größer.
Nun wuchs auch sein Interesse, weil er erfahren konnte, wie Frau denkt.
„Als Augenärztin hatte ich mit den Patienten zwangsläufig Kontakt – von Auge zu Auge. Bei ihm nutzte ich die Gelegenheit, meine Oberweite ins rechte Licht und in sein Blickfeld zu rücken.
Er musste aufpassen, nicht dauernd einen schweren Kopf zu bekommen. Stolz nahm ich es zur Kenntnis. Das streichelte mein Ego.
Ingo saß mir gegenüber und blinzelte etwas gequält mit den Augendeckeln. Genau genommen hatte er an den Augen gar nichts, aber man geht auch aus geschäftlichen Gründen dort hin, von wo man Aufträge bekommt. Das wird einfach erwartet.

Insofern werden also nur die Spielregeln beachtet. Nicht umsonst fährt er einen kleinen Sportwagen eines Autohauses, für das er die Planung gemacht hatte.

Herr Bast, sagte ich, denken sie nicht, dass wir noch einmal einen Termin in ihrem Büro ausmachen sollten? Ich habe so einige Sonderwünsche, die anhand der Planung besprochen werden sollten.

Mit meinem Mann habe ich das bereits alles abgestimmt, erklärte ich ihm frech.

Zur Unterstreichung der Ernsthaftigkeit, hatte ich ganz dicht vor seinem Gesicht sehr tief ein- und ausgeatmet und mit der Oberweite genickt, als ich ganz dicht an seine Pupillen musste, um seine Sehschärfe zu kontrollieren.

Seine andere Schärfe konnte er gerade noch geheim halten, bemerkt hatte ich es schon.

Er hätte ruhig was sagen können. Anderen Männern, bei denen man darauf verzichten kann, fällt immer etwas ein.

Uninteressante Männer schocke ich mit: Die geweiteten Pupillen verraten ihren Willen. Dazu mache ich natürlich ein sehr ernstes und säuerliches Gesicht. Dann ist meist Ruhe in der Hose!

Ingo sagte nichts und schaute nur amüsiert in meine Augen. Das machte mich nervöser, als ich mir eingestehen wollte.

Wie ist es gegen 20 Uhr, fragte ich ihn.

Selbstverständlich hatte er zu der Zeit das Büro für sich ganz allein. Welche Angestellten haben zu der Zeit noch den Wunsch zu arbeiten?"

„Mein Gott Ilona, bist du durchtrieben!"

„Es war noch nicht einmal 20 Uhr, da klingelte ich schon an seiner Tür. Trotz des miserablen Wetters hatte ich mich bemüht, gut gestylt bei ihm zu erscheinen. Die Besprechung über das Bauvorhaben war mir eigentlich egal.

Als ich eintrat, war mein Mantel bereits weit geöffnet und die Einsichten waren enorm.
Ein Pullover mit einem V-Ausschnitt, den Hals mit einer Goldkette verziert und einer ziemlich eng anliegenden langen Hose an meinen schlanken Beinen, stand ich auf Stöckelschuhen vor ihm.
Ich zupfte noch zusätzlich an meinem Pullover, der durch die Spannung prompt den größten Teil meines blanken Busens zur Geltung brachte.
Die hoch aufgerichteten Brustwarzen drohten den Pullover zu durchstechen. Gero bemühte sich, einen gelangweilten und desinteressierten Eindruck zu machen. Das ärgerte mich total. Meine Geschütze musste ich mit stärkerer Munition laden.
Ich bin also gleich an ihm vorbeigeschwebt und stand unversehens an seinem Bürotisch.

Die Frage, ob er meine Garderobe haben könnte, war ganz überflüssig, ich hatte den Mantel längst über dem Arm und warf ihn mit Schwung auf einen Stuhl in der Ecke. Ingo stand da wie überrumpelt. Darf ich ihnen etwas anbieten, fragte er.

Haben sie Rotwein, fragte ich ihn?

Natürlich hatte er Rotwein, er konnte meinem Wunsch entsprechen. Er schenkte zwei Gläser ein und wir setzten uns an seinen Schreibtisch.

Die Ordner mit den Plänen standen hinter ihm im Regal. Er hatte sich vorbereitet und Kopien von den Originalen gezogen, um darauf die Wünsche und nötigen Veränderungen farblich zu kennzeichnen. Hoffentlich lässt er die blöden Pläne in Ruhe, überlegte ich. Erleichterung, als er sie zusammenrollte. Dann erklärte er, dass wir in den Musterraum gehen müssten. Das war die Chance.

Ihre Augen sind übrigens ganz tadellos, sagte ich ihm so nebenbei.

Gut zu wissen, denn ich brauche meine Augen schon sehr häufig, antwortete er lässig.

Glaub' ich, ... so wie sie mich manchmal ansehen, war meine Antwort.

Ich musste jetzt einfach vorpreschen. Ich stand auf und ging mit einem Hüftschwung aus seinem Büro, dass es ihm die Pupillen weiten musste.

Dann drehte ich mich plötzlich um und Ingo erschrak richtig, als ich so dicht vor ihm stoppte.

Unsere Körper berührten sich und er musste sich festhalten, um nicht umzufallen.

Die einzige Möglichkeit waren meine Schultern. Für meinen Geschmack fasste er mich viel zu sachte an.

Entschuldigung, ich war in Gedanken, sagte er. Was für Gedanken sind es denn, wollte ich wissen. Der Kerl machte mich wahnsinnig. Wie kann einer nur so begriffsstutzig sein?

Ingo musste doch eigentlich merken, dass ich heute etwas anderes wollte, als über Muster zu debattieren. Aber meine versteckten Vorstöße, die schlüpfrigen Gesprächsversuche und eindeutigen Bemerkungen, schienen mehr zu verhindern, als zu ermöglichen.

Nach dem vierten Glas Wein hatten wir dann wenigstens den Teppich für das Schlafzimmer ausgesucht und schriftlich festgelegt.

Es war ein sündhaft teurer und ziemlich dicker Wollteppich mit dem wohlklingenden Namen: **Galaxie Dream** - dunkelblau, mit dem gesamten nördlichen Sternenhimmel eingewebt. Traumhaft! Und auf diesem Teil liegen wir gerade, liebste Freundin.

Dem Wunsch, dass die Sterne, wenn sie Licht ausgesetzt waren, bei Dunkelheit länger nachleuchten, konnte er nicht sofort zustimmen.

48

Da musste er erst ein Gespräch mit dem Hersteller führen.
Ich sah es ein und bat um Mitteilung. Ich sah auch weiterhin ein, dass ich nicht den richtigen Zeitpunkt für mein Vorhaben gewählt hatte. Oder ist der Kerl so etwas wie treu, zu wem auch immer."

„Das mit dem leuchtenden Sternenhimmel ist schon der Hammer, Ilona. Ich genieße es, auf dieser Wollsensation zu liegen. Was für ein herrliches Gefühl …"

„Ich verabschiedete mich also etwas weniger freundlich, als ich dies bei der Begrüßung tat. Er sollte merken warum. Aber so schnell wollte ich auch nicht aufgeben. Die passende Gelegenheit, meine Stunde, wird kommen.
Ingo versprach, den Einzugstermin zu halten, und wenn der Teppich geliefert wird, mich zu benachrichtigen.

War das eine blöde Verabschiedung. In meinem Slip tobte der Bär. Meine Gefühle und die Lust spielten verrückt. Der Kerl hatte mich einfach halbgar stehen lassen. Ich hätte sonst was gegeben, seinen Knackarsch zu kneten.
Zuhause fragte mein Mann ganz überrascht, ob ich sexuellen Notstand hätte, als ich ihm unvermittelt zwischen die Beine fasste.
Die vier Gläser Wein verhinderten, dass ich darüber ausrastete.

Aber der Spatz in der Hand ist bekanntlich besser, als..."

„Ilona – du Arme."

„Am ersten Montag im September klingelte das Telefon und Ingo kündigte den Teppich an. Er informierte mich wie vereinbart und bat darum, gegen 20 Uhr im Haus zu sein, um den Teppich zu begutachten.
Ich freute mich darüber, dass damit wohl auch der Einzugstermin gehalten wird und zitterte mich durch die letzten Stunden bis 20 Uhr.
Ich plante einen Frontalangriff, dem Ingo ein zweites Mal nicht ausweichen konnte, hatte sich doch die Luft zwischen uns im Laufe der Zeit gehörig erotisch aufgeladen, sie brannte förmlich. Ich richtete mich auf eine etwas turbulente Teppichbegutachtung ein."

„Oh, was habe ich da für Ideen, Ilona!"

„Obwohl ich einen Schlüssel für das Haus hatte, klingelte ich. Ich hatte alles penibel ausgeklügelt.
Als Ingo die Tür öffnete, stand ich vor ihm, gekleidet in meinen weißen Arztkittel, der mit dem Reißverschluss von oben bis unten.
Ich hielt zwei Gläser Sekt in der Hand und streckte sie ihm entgegen. Ingo zog die Flasche Sekt, die ich unter dem Arm eingeklemmt hatte, heraus.

Er öffnete sie mit einem spitzbübischen Lächeln. Das war der Moment, ihn zu duzen und die Weichen zu stellen.
Auf den tollen Teppich, Ingo, sagte ich einfach.
Auf den tollen Teppich, Ilona, nahm er den Ball auf.

Ich verschwendete keine Sekunde Zeit, zog die Tür hinter mir zu und Ingo ins Zimmer, wo er ja bereits einen Teil des nördlichen Sternenhimmels ausgebreitet hatte. Kaum war ich im Zimmer, schleuderte ich meine Pumps mit Schwung in die entfernteste Ecke des Raums und sagte triumphierend: Am allerbesten testet man den teuren Teppich wohl barfuss.
Ich drehte jubelnd zwei Runden und fühlte unter meinen Füßen lauter kleine Schäfchen. Ich ging auf Ingo zu, nahm ihm den Sekt aus der Hand und stellte unsere beiden Gläser auf die Fensterbank.

Dann sprang ich auf die eine der Teppichrollen und legte meine Arme um seinen Hals. Ich war auf alles gefasst, denn dieser Angriff war wohl nicht falsch zu interpretieren. Jetzt war ich genauso groß wie Ingo.
Wir verschmolzen zu einem Kuss, der so intensiv war, als würden wir uns für alle Zeiten verabschieden und er deshalb bis zur Ohnmacht dauern müsse.

Ingos Hände wanderten von meinen Hüften aufwärts über meine Brüste nach oben zum Hals. Ich lockerte etwas den Griff und führte seine Hände dahin, wo man den Kittel zu öffnen beginnt."

„Ilona, ging das nicht etwas schneller?"

„Bereits beim Entlangstreifen an meinem Körper bemerkte ich seine Entschlossenheit, denn ich trug unter dem Kittel weniger als nichts. Nur mein ägyptisches Badeöl, das die Sinne von Männern durcheinander bringt, wie der Pharao schon sagte."

„Ilona, das teure Zeug habe ich bei meinem Mann mal probiert, aber da hätte ich auch Latschenkiefer nehmen können."

„Der leichtgängige Reißverschluss gab sofort meinen nackten Körper frei und der Kittel landete zwischen den beiden Teppichrollen.
Von der Straße drang der Schein der Straßenlaterne in den Raum und gab gerade so viel Licht, dass wir die Konturen unserer Körper erkennen konnten.
Die Sterne auf dem Teppich, durch die Lichtquelle der Straßenlaterne aufgeladen, begannen zu leuchten. Sie reflektierten und funkelten, wie es Sterne eben so tun.

Nicht zu fassen, aber die Sternenbilder brachten ein ganz zartes und eigenartiges Licht in den Raum.

Unsere Körper bewegten sich wie Schattenbilder und sprangen von einer Ecke des Zimmers in die andere. Ohne etwas zu sagen, tanzten wir über den nördlichen Sternenhimmel und unsere Körper berührten sich gelegentlich flüchtig. Ein Szenario, das uns beide immer mehr aufheizte. Von Minute zu Minute bekam ich weichere Knie und einen trockeneren Hals."

„Sag' mal, hast du noch etwas Sekt, Ilona? Mein Glas ist leer und ich bekomme bei deiner Erzählung auch schon einen trockenen Hals!"

„Mein Griff zum Sektglas erfolgte immer öfter. Ingo stand manchmal ganz still irgendwo in einer Ecke, aber ich wagte nicht zu rufen. Dann tauchte er westlich von Andromeda wieder auf. Eine dieser Gelegenheiten ergriff ich, um ihn festzuhalten."

„Er tauchte bei Andromeda auf?"

„Na ja, das Sternbild auf dem Teppich halt. Ich nahm den Gürtel seiner Hose, öffnete ihn und zog ihm sein T-Shirt über den Kopf. Mit zwei raschen Handgriffen entledigte ich ihn seiner Hose.

Er nahm mich, wie ich da stand, trug mich ein Stück bis in die Mitte des ausgerollten Teppichs und legte mich ganz langsam auf den Boden.
Was heißt auf den Boden? Es waren weiche Wolken.
Ein Gefühl wie auf einem Wattebausch oder ob man durch ein Meer von Sahne schwimmt."

„Wie wahr, wie wahr ..."

„Mein leises Aufstöhnen quittierte Ingo mit einem zarten Biss in mein Ohrläppchen. Unsere warmen Körper schmiegten sich gegeneinander.
Langsam und behutsam spielte er mit seiner Zunge an meinen hoch aufgerichteten Brustwarzen und ich fing sofort an zu vibrieren. Ich verlor komplett die Kontrolle über meinen Körper. Seine Hand glitt von meinen Brüsten hinab und ich merkte, wie er die Stelle gefunden hatte, die mir Gänsehaut auf den Armen verursacht.
Ingo kniete sich vor mich, nahm meinen rechten Fuß und fuhr leicht mit seiner Zunge von der Ferse über die innere Wölbung zu den Zehen und küsste sie zart. Ich glaubte in wenigen Sekunden zu explodieren und bekam vor lauter stärker werdenden Wonnen einen Kloß im Hals. Als Ingo mich zu sich zog, zitterte ich am ganzen Körper.

Ich lag mit meinem Po so dicht zwischen seinen Beinen vor ihm, aber immer noch nicht dicht genug. Mit meinen Beinen umschlang ich ihn so fest, als ob ich ihn erdrücken wollte. Ich fühlte plötzlich, wie sich etwas Festes zwischen meine heißen Lippen schob. Ich hätte platzen können vor Verlangen. Jeden Muskel seines Körpers tastete ich hastig und gierig ab. Eine Kraft, die fühlbar wurde und wie ein Aphrodisiakum wirkte. Es wirbelte meine Gefühle völlig durcheinander."

„Ich kann gleich nicht mehr..."

„Ingo zog mich vom Boden hoch und setzte mich auf seinen Schoß. Mit den Armen und Beinen umschlang ich ihn und sog ihn einfach in mich hinein. Mein gehauchtes „Oooh", ganz dicht an seinem Ohr, machte ihn ganz wild.
Er zuckte, mit wohl dosierten rhythmischen Bewegungen, in mir auf und ab. Ich konnte meine Beine nicht mehr kontrollieren und streckte sie mal lang aus und dann wieder zog ich sie über Kreuz auf seinen Rücken.
Wenn ich nach hinten zu fallen drohte, fingen mich seine starken Arme wieder auf.
Mit intervallartigen Zuckungen kamen wir zum Höhepunkt und ließen uns langsam zur Seite fallen. Ich war noch immer ganz wie in Trance, streckte mich lang auf dem weichen Teppich aus und öffnete mich seinem Drängen von neuem.

Langsam und ungeheuer gefühlvoll versank Ingo ein weiteres Mal in meinem heißen und feuchten Schoß."

„Mein Gott, was hast du bloß ein Glück mit deinem Teppich!"

„Ich schlang meine Beine wieder um seinen Körper und wir liebten uns schier endlos in weichen rhythmischen Bewegungen. Unsere Gefühle entschwanden in die Unendlichkeit.
Die leuchtenden Sterne auf dem Teppich schienen um uns herum zu tanzen. Ich kann nicht mit Bestimmtheit das Ende unserer Lust beschreiben.
Erst ganz allmählich erholten wir uns von der Reise zu den Sternen, die wir beinah schwerelos bewältigten.
Als ich wieder etwas zu Atem gekommen war, stand ich auf, um die Gläser von der Fensterbank zu holen.
Ich lief wie auf Wolken, aber der weiche Teppich war nicht allein der Grund.
Schweigend stießen wir an und genehmigten uns einen kräftigen Schluck auf dieses ungeheure Erlebnis. Das Glas glänzte ganz eigentümlich in dem Licht, das die Sternbilder verursachten.
Zufrieden und ziemlich matt legte ich mich auf die Seite und betrachtete einige der leuchtenden Sternbilder.

Ingo beugte sich über mich, gab mir einen Kuss und streichelte zärtlich meine Brust.

Er drehte mich langsam auf den Rücken und füllte etwas vom Sekt in meinen Bauchnabel.

So muss das Gefühl sein, wenn Strom durch den Körper fließt.

Unsere anschließende Konversation war wie folgt: Ingo, es war galaktisch. Es war fantastisch, mit dir den Gipfel der Lust zwischen Cassiopeia, Andromeda, und Pegasus zu erreichen. Sieh nur, wie sie vor Verzückung leuchten!"

„Ilona, ich glaube, dass ich gerade auf dem großen Bär sitze.

Hatte ich nicht Recht, dass die wichtigsten Dinge beim Planen und Bauen die Details sind? Ich erlebte es gerade. Ich fühle mich großartig. Ich danke dir für diese Begegnung.

Auf dich Ilona! Wenn wir die Gläser gleich abgestellt haben, möchte ich den kleinen Bär mit seinem Polarstern näher kennen lernen."

„Ingo flüsterte es mir ins Ohr. Ich musste lächeln, denn seine Bemerkung konnte ja auch etwas anderes bedeuten und mit der Astrologie nichts zu tun haben."

„Mein Gott Ilona, was für ein Erlebnis. Es macht mich ganz wuschig. Der kleine Bär mit seinem Polarstern ..., das ist ja kaum auszuhalten.

„Also schloss ich meine Augen, die Ingo mit Küssen belegte. Dann meinte er, dass ich unter meinem Rücken den Schwan hätte.

Halb trunken antwortete ich, dass es mir ziemlich egal wäre, denn er machte sich bereits auf die Suche nach dem kleinen Bären und seinem Polarstern. Ich betete dafür, dass er nicht zu lange suchen muss.

Meine Entscheidung, einen solchen Teppich auszusuchen, hatte sich schon jetzt gelohnt.

Ingo begann an meinen Kniekehlen mit der Suche und glitt langsam an den Innenseiten meiner Schenkel nach oben, wo der Stern eigentlich sitzen musste.

Was kann ein Weg in der Galaxie so lang sein. Meinen Körper durchzuckten ständige Stromstöße. Dann geriet ich außer Fassung, denn seine Zunge erreichte meine feuchten Lippen.

Ingos Zunge vibrierte außen an ihnen entlang und glitt von unten auf die Innenseiten nach oben zum Ziel. Ich bekam ein Gefühl, als wollte er mich vollständig einsaugen.

Mein Polarstern wurde immer größer, explodierte fast. Als er meine Lippen und die ganze Muschi aufnahm, gingen bei mir die Lichter aus.

Plötzlich hoben mich alle nur erdenklichen Wonnen in die Höhe, denn ich wurde von einer Wolke aus zarten, schwebenden Federn getragen.

Ingo hatte sein Ziel erreicht und seine Suche nach dem kleinen Bär mit seinem Polarstern erfolgreich beendet."

„Wie lange dauert es denn, so eine Planung?"

„Da musst du dir einen anderen Architekten suchen und an den die Frage stellen, meine liebste Freundin."

Ich konnte nicht mehr länger im Nebenraum bleiben und ging zu den beiden, die fast erschöpft auf dem Teppich lagen.
Plötzlich standen sie senkrecht und schauten sich mit glühenden Köpfen gegenseitig an.

„Ich bekam die Frage gerade mit, als es um die Planungszeit ging. Wir könnten ja mal einen Termin ausmachen", sagte ich.

„Sonst nichts?", fragte Ilona.
„Wie, sonst nichts?"
„Sonst hast du nichts gehört?"
„Nein, sonst nichts, ich suchte nur nach euch, weil das Essen bereits geliefert wurde. Niemand wusste, wo ihr seid."

Beide schauten wieder entspannt und fröhlich drein und folgten mir. Ich glaubte zu erkennen, dass sie beide etwas wackelig auf den Beinen waren.

DUPLIZITÄT DER EREIGNISSE
Merkwürdige Begegnungen

Ich legte den Hörer auf, und musste augenblicklich einen Jubelschrei loswerden, da sich die aufgebaute Spannung der letzten zwei Tage entladen musste.

Ich hatte den Job, hinter dem ich so lange her war, endlich bekommen. Und das so kurz vor Weihnachten. Erleichterung, Freude und das Gefühl, fliegen zu können, hatten mich in eine unglaubliche Euphorie versetzt.

In dem Augenblick wusste ich nicht, was ich zuerst machen sollte. Ich zündete einfach alle Kerzen auf meinem Adventskranz an.

Bei meinem Jubeltanz durch die Wohnung landete ich vor dem Spiegel im Flur und sah in ein Gesicht, das sich in seinem Glücksgefühl ständig veränderte. Ich ballte die Fäuste, und brüllte laut „Jaaaaa" in das Gesicht mir gegenüber. Wie ein Sportler, dem gerade ein Weltrekord gelungen war.

Und dann ist es mir aufgefallen. Ich hatte eine Frisur gesehen, die so gar nicht zu dem fröhlichen Antlitz passte. Der Entschluss, jetzt sofort, umgehend zum Friseur zu gehen, veranlasste mich, augenblicklich meine Sachen zu packen.

Ich war noch so aufgewühlt, dass ich dreimal in meine Wohnung zurück musste, weil ich erstens keine Jacke angezogen hatte, zweitens ohne meine Handtasche die Wohnung verließ und drittens noch alle Kerzen brannten.

Ich musste mich langsam zur Ruhe zwingen und ertappte mich dabei, dass ich bereits mit den Gedanken bei meinem neuen Job war und tausend Veränderungen plante. Ich war schon im Dienst. Verrückt!

Meine tausend neuen Ideen wollte ich endlich in die Tat umsetzen. Meine Studienjahre sollten doch nicht umsonst gewesen sein.

Fast hüpfend, mit wiegenden Schritten, wie auf einem Trampolin laufend, gelangte ich zum Friseur. Die Frau, die sich an meinen Haaren zu schaffen machte, blickte sehr mürrisch drein. Hoffentlich überträgt sich das nicht auf meine Frisur.

Allein ihre lustlose Frage „Wie wollen sie's?", machte mir schon Sorgen. Ich bekam etwas Angst und las angestrengt, aber unkonzentriert in einer Illustrierten, immer mit einem Auge auf die Haarkünstlerin gerichtet.

Ich las eine Reportage, die mich eigentlich gar nicht interessierte. Ein Tag im Leben eines Querschnittsgelähmten. Und da machte es gar nichts, wenn ich in Intervallen von der Zeitschrift aufsah.

Aber mein aufgekratztes und fröhliches Verhalten, vom Augenblick des Telefonats an, wich einer etwas traurigeren Stimmung.

Nun passte meine Frisur wieder nicht zu dem Gesicht, das ich im Spiegel sah.

Innerhalb von Stunden hatte sich meine Laune geändert. Ich war bedrückt, aber nicht bereit, das so hinzunehmen.

Dieser Artikel über einen Behinderten und dieses missgelaunte Gesicht der Friseuse - hatte sie den Artikel etwa auch gelesen - konnte doch nicht meine ganze Fröhlichkeit auffressen?

Ich lächelte einfach und wartete auf das Ergebnis der Haarbehandlung. Im großen Spiegel vor mir sah ich, dass es draußen stark schneite. Für meine Frisur wenig erfreulich; großer Mist. Ich hatte meinen Schirm Zuhause vergessen.

Meine Frisur war nun sehr ordentlich, denn ein kleines Strähnchen zog sich spiralförmig durch die Locken. Es sah ganz prima aus. Ich gefiel mir selbst wieder und fand auch zu meiner anfänglichen Verfassung zurück.

An der Kasse stellte sich bei mir ein unerklärliches Unbehagen ein, als ich der Frau, die um mein Aussehen gekämpft hatte, das Trinkgeld gab. Sie war wenig unterhaltsam und noch immer mürrisch.

Innerlich mit mir ringend, fragte ich nach einem Schirm, den ich mir ausborgen wollte. Wortlos reichte sie mir einen kleinen Knirps.

„Besser als nichts", war ihre Bemerkung. Mit einem Seitenblick auf sie, den der Friseurmeister bemerkte, wollte ich aus der Tür gehen.

„Diese Dame ist nicht mehr lange bei uns", sagte er flüsternd zu mir.

Ich legte die Zeitschrift, in der ich gelesen hatte, auf einen Tisch. Der Artikel über den Querschnittsgelähmten war noch aufgeschlagen.

Prüfender Blick in die Wolken, es schneite immer noch. Ich hasse Schirme, aber es musste sein. >White Christmas< schallte es aus irgendeinem Laden.

Fest entschlossen, diesen Tag, der mich in eine solche Hochstimmung versetzte, nicht von äußeren Einflüssen zerstören zu lassen, entschied ich, dass ich auch noch ein neues Kleid haben musste. Ein Kaufhaus wollte ich vermeiden, ich dachte da mehr an ein kleines, aber feines Bekleidungsgeschäft.

„MARIANNES MODEN" war da genau die richtige Adresse. Der Magnet für mich waren fantastische Dessous, die im kleinen Schaufenster des Lädchens platziert waren. Daran konnte man einfach nicht vorbeigehen.

Die Verkäuferin fand in mir ein williges Opfer und hatte leichtes Spiel. Ein Kleid wollte ich, aber einen ganz tollen Hosenanzug, mit einem supertollen Rock kombinierbar, habe ich bekommen. Für die Jacke einen darunter zu tragenden aubergine-farbenen Body, am Hals geschlossen wie ein Rollkragen. Obwohl er mehr verhüllte, als man zu einer Verführung benötigt, war er die Sünde pur, in einer tollen Spitze. Der Fantasie eines Mannes musste er entgegen kommen.

Bei der Anprobe in dem feudalen Modeladen hätte ich gerne jemanden gehabt, der mir objektiv erklärt hätte, was ich kaufen könnte, was nicht.

So war ich auf die verkaufsorientierte Dame im Laden angewiesen und auf meinen eigenen Geschmack. Aber die Verkäuferin machte einen durchaus Vertrauen erweckenden Eindruck. Ich fühlte mich gut beraten. Ich hätte alles am liebsten anbehalten. Ich wollte es so bald wie möglich tragen.

Um dies zu erreichen, stellte ich mich dem Wunsch und plante für den Abend ein Essen mit den kulinarischen Genüssen der Meere. Der einmal gefasste Gedanke wurde Programm.

Ein Hotel, ganz in meiner Nähe, war dafür genau passend. Und da ich dort noch nie gewesen bin, war meine Neugierde riesengroß. Dass ich Single war, hatte mich nicht besonders bedrückt. Ich wohnte noch nicht lange an diesem Ort und hatte demzufolge auch die nötigen Bekanntschaften noch nicht gemacht.

Ich verließ, hochzufrieden über meinen Einkauf, den Laden. Draußen schaute ich noch einmal in die weit geöffneten Tüten, dass ich bloß nichts vergessen habe.

Ich freute mich, dass ich mich so schön beschenkt hatte. „Hallo, ihr Schirm – es schneit noch!"

Den hätte ich beinahe vergessen.

64

In meinem Vorwärtsdrang öffnete ich ihn, da vernahm ich ein erschrockenes „Heee" und purzelte über ein Gefährt. Meine Taschen landeten auf dem Gehweg.

Zuerst dachte ich, dass ich über einen Kinderwagen gefallen wäre. Aber erschreckt hatte ich mich, als ich merkte, dass der vermeintliche Kinderwagen ein Rollstuhl war. Ich fiel direkt zwischen die Lehne des Rollstuhls und dem Oberkörper des Mannes, der darin saß. Ich wurschtelte mich raus und der alte Mann blickte mich entgeistert an: „Sie müssen schon aufpassen, wo sie laufen, junge Frau."

Der Mann im Rollstuhl stand vor dem Schaufenster eines Sanitätsladens und ich hatte ihn nicht bemerkt, als ich die Tüten kontrollierte und gleichzeitig meinen Schirm aufspannte.

„Entschuldigung, ich habe sie nicht bemerkt."

„Schon gut, ist ja nichts passiert. Haben sie sich etwas getan?"

„Sie machen sich Sorgen um mich? Nein, es geht schon."

Völlig verdattert nahm ich meine Tüten vom Boden auf, dessen Schnee-Salz-Gemisch sie versaute. Zum Glück entleerten sie sich nicht und ich konnte meinen Weg fortsetzen.

Ausgerechnet ein Rollstuhlfahrer, dabei ging mir der Artikel mit dem Querschnittsgelähmten durch den Kopf.

Es war, wie wenn man ein Auto kauft, in einer Farbe, wie sie nur ganz wenige besitzen.

Ab dem Zeitpunkt bemerkt man dann das erste Mal, dass es gerade in dieser Farbe unglaublich viele gibt. Das war vorher nie aufgefallen. Und nun hatte ich in so kurzer Zeit zwei Begegnungen mit dem Rollstuhl. Monatelang vorher nicht eine. Ich wünschte dem Herrn noch ein frohes Weihnachtsfest und eilte davon.

Auf meinen Haaren hatte sich inzwischen etwas breit gemacht, was ich eigentlich vermeiden wollte. Ich hätte heulen können. Da half auch heftiges Schütteln nicht.

Auf meinem Heimweg bin ich noch an besagtem Hotel vorbeigegangen und fragte, ob ich für den Abend einen Tisch vorbestellen müsste. Ich musste nicht. Ich hatte also gar keinen Zeitdruck und konnte gehen, wann mir danach war.

Das lange Bad am Nachmittag tat mir gut, und das Glas Rotwein, das ich mir genehmigte, unterstrich meine ganze Zufriedenheit. Ich war ungestört und brachte mich unversehens in eine Stimmung, die mich, ohne dass ich das wollte, jemanden vermissen ließ.

Jemanden, der mir Gesellschaft leistet und die Freude mit mir teilt. Ein Mann wäre da nicht schlecht gewesen. Ich lief in der Wohnung in meinem neuen Body herum und immer, wenn ich den Spiegel passierte, hatte ich mich angesehen und ich gefiel mir. Es machte mich irgendwie an, mein eigenes Konterfei.

Dazu der Gedanke an einen ganz aufregenden Mann. Es ging gar nicht darum, wie er aussah. Er war gesichtslos, aber mit einem knackigen Körper, still und sehr einfühlsam.

Im Radio hörte ich die geliebten Klarinettenklänge von Mr. Ackerbilk, die mir zusätzlich noch Gänsehaut auf den Rücken zauberten.

Meine Kerzen hatte ich wieder angezündet, und meine Haare hatten auch nicht gelitten. Den Rotwein ließ ich sein und wechselte zu einem Glühwein, der Jahreszeit entsprechend.

Ich stellte mich wieder vor den Spiegel und hob mit den Händen meine Brüste etwas an. Eigentlich war das gar nicht notwendig, aber es entstand unter meinen Händen ein so beeindruckendes Dekolleté, dass es herrlich hurenhaft aussah.

Mir fiel ein, dass mir mein kleiner Bruder, bevor ich von zu Hause wegging, eine Kette aus Kastanien bastelte. Die musste doch dazu gut aussehen. Wild und rustikal.

Ich holte sie aus einem Karton hervor, in dem ich Krimskram aufbewahrte und legte sie um den Hals. Der Verschluss war natürlich nicht professionell und so fiel die Kette zu Boden. Sie war fast einen Meter lang.

Ich hob sie vom Boden auf, sie schwang hin und her, blieb zwischen meinen Beinen hängen und verursachte beim Schwung gegen meinen Schoß einen leichten Druck. Mich durchzuckte es.

Ohne groß darüber nachzudenken, öffnete ich die drei Druckknöpfe des Bodys im Schritt.

Auf die Idee, die Kastanienkette um den Hals zu legen, verzichtete ich.

Ich spreizte leicht die Beine, nahm die Kette jeweils mit der Hand an den Enden und zog sie unter dem Körper durch. Vor und zurück. Ganz langsam. Es war ein Gefühl, wie wenn man rittlings auf einem vibrierenden Seil sitzt.

Die Kastanien, die im Abstand von wenigen Zentimetern auf einer Schnur aufgezogen waren, glitten an meinem schon feuchten Schoß entlang.

Sie klopften in kleinen Abständen heftig gegen meine empfindlichste Stelle. Ihr ruckartiger Druck löste wohltuende Schockwellen aus. Es dauerte nicht lange, und meine Beine wurden weich. Die Hitze zwischen meinen Oberschenkeln wurde fast unerträglich. Mein Herz schlug bis zum Hals. In was hatte ich mich da eigentlich eingelassen - Spiele mit mir selbst..., hm!

Ich sah ohne Grund zur Uhr und hatte noch so viel Zeit bis zum Abend. In einer solchen Situation wird man erfinderisch. Ich stellte zwei Stühle mit der Lehne gegeneinander vor den Spiegel, nahm die Kastanienkette und verband die Lehnen damit.

Ich rückte die Stühle gerade so weit auseinander, dass die Kette etwas spannte und zwischen meinen Beinen unter dem Schritt durchpasste.

Ich hielt mich an den Stuhllehnen fest und bewegte meinen heißen Schoß, über die leicht gespannte Kette hin und zurück.

Als wohlige Schauer mich durchzogen, musste ich das Spiel ganz zittrig beenden. Dass ich es mir selbst besorgte, machte mir keine Sorgen, außerdem gab es mir ungeheure Gefühle, die den Wunsch nach einem Mann weckten.

Der Schauer, der mir über den Rücken lief, ließ mich in Zufriedenheit erzittern. Die Kastanien glänzten wie gelackt. Völlig erschöpft kauerte ich noch einige Minuten auf dem Stuhl vor dem Spiegel, froh darüber, dass er nichts erzählen kann.

Etwas später schaltete ich den Fernseher ein, um vielleicht ein gutes Programm zu erwischen. Gleichzeitig lief die Musik weiter.

Ich holte mir noch einen Glühwein und setzte mich im Schneidersitz auf den Sessel.

Der Titel der Sendung wurde gerade eingeblendet.

„Ein besonderes Schicksal". Ich nippte an meinem Becher Glühwein, der mir so angenehm die Hände wärmte.

Das erste Bild des Films war ein VW-Bus, aus dem ein Kind im Rollstuhl gefahren wurde. Ich war so erschrocken, dass ich zur Fernbedienung griff.

Ich war wieder mit der Musik der Klarinetten allein und ließ mich gegen die Lehne des Sessels fallen.

Mit geschlossenen Augen träumte ich vor mich hin. Noch immer etwas matt von meinem Erlebnis mit den Kastanien.

Es war gegen 19 Uhr, als ich daran ging, mich für das Abendessen im Hotel zu stylen. Als ich so richtig adrett aussah, nahm ich noch mein Lieblingsparfüm und brachte es an die Stellen, die bei einer Frau wichtig sind. Dabei hatte ich doch gar keine Verabredung. Egal, es sollte alles perfekt sein.

Ich musste mich auch alleine sehr wohl fühlen, um den Abend und das Essen genießen zu können.

Schade, dass ich keine Liebeskugeln besaß, wie eine Bekannte von mir. Sie führte sie einfach ein, wenn sie spazieren ging und genoss die kleinen Orgasmen.

Mein Blick in das Restaurant war eher enttäuschend. Alles, aber auch alles war besetzt. Ich musste so geschockt ausgesehen haben, dass ich gar nicht bemerkte, wie der Ober sich vor mir aufbaute. Ihn fragte ich am Vormittag, ob ich vorbestellen müsste.

„Es tut mir leid, dass es so voll ist, aber eine größere Gesellschaft kam ohne eine Anmeldung."

Ich antwortete gar nicht, sondern blickte mit leeren Augen geradeaus, denn meine Enttäuschung war riesengroß.

Das laute Geschnatter der Gesellschaft und die weihnachtlichen Klänge aus der Musikanlage, vermischten sich zu einer Geräuschkulisse wie auf einem Wochenmarkt.

„Ich kann ihnen noch einen Platz an einem anderen Tisch anbieten. Es sitzt ein einzelner Herr dort, auch gerade erst gekommen."

Nur widerwillig ließ ich mich an den Tisch führen, wohl merkend, wie mir die Blicke der anwesenden Gäste folgten. Manche von den Schnattergänsen schubsten ihre Männer von der Seite diskret an. Die stille Anerkennung tat mir gut.

Wortlos setzte ich mich an den Tisch, ohne groß den einzelnen Herrn zu betrachten. Meine Begrüßung an ihn vollzog sich nur nebenbei. Seinen Gruß zurück habe ich gar nicht wahrgenommen.

Der Ober nahm meine Bestellung für den Rotwein auf und legte mir die Karte auf den Tisch. Eigentlich war ich so mies gelaunt, dass ich an ein Essen gar nicht mehr dachte. Ich blätterte lustlos in der Speisenkarte.

Meine Mundwinkel bewegten sich immer weiter nach unten. Heulen hätte ich können, wollte ich doch ganz allein den Abend an einem festlich geschmückten Tisch verbringen und genießen.

Na ja, an einen Mann dachte ich schon, aber nicht auf diese Weise.

Und auch nicht so kurz vor dem Essen. Später in einer Disco vielleicht.

Mein Blick über die Karte war chaotisch. Von der Vorspeise zu den Getränken, zurück zur Vorspeise, Hauptgerichte, Desserts, Suppen, Getränke, Salate, Desserts, Suppen ... und dann habe ich die ganze Angelegenheit erst mal weggelegt. Gelesen hatte ich nichts. Mein Gegenüber musste es bemerkt haben.

„Darf ich ihnen etwas empfehlen?", fragte er einfach.

„Nein, vielen Dank, eigentlich nicht", war meine kurze und lapidare Antwort, ohne den Mann auch nur eines Blickes zu würdigen.

Dafür blickte ich missmutig zu den anderen Tischen, die alle von diesen Leuten aus dem Bus besetzt waren. Ich wusste, es war nicht sehr fair, aber mir war danach.

Als der Rotwein vor mir stand, hab ich das Glas gehoben und setzte es an die Lippen, dabei blickte ich das erste Mal den Mann gegenüber an. Der Neugier wegen.

Oh Gott! Ich hatte in dem Moment sogar vergessen zu trinken. Einige Tropfen des Rotweins liefen rechts und links vom Glas an meinem Kinn abwärts. Ich schämte mich und wusste nicht, wo ich hinsehen sollte.

Er lächelte einfach nur. So entwaffnend, dass ich deswegen das Glas zittrig abstellte.

Es war mir nicht viel passiert und mit der Serviette war der Schaden rasch behoben. Mit halb gesenktem Kopf blickte ich noch einmal verschämt zu ihm hin.

„Raimund!"

Das klang fast wie – tut mir leid, ihr kleines Missgeschick. Ich musste mich räuspern und sagte: „Verena", wobei ich tatsächlich etwas lächelte. Damit war die Konversation beendet.

Ich hielt meinen Kopf gesenkt und zählte auf der Tischdecke die gestickten Blumenmuster. Aber meine Neugier war so groß, dass ich meine Augenlider so weit nach oben zog, um ihn anzuschauen, dass die Augen schon schmerzten. Der Kerl war ein Bild von Mann.

Ich wurde ganz unruhig. Er hat nur geschaut und gelächelt. Immer wieder trafen sich unsere Blicke.

„Haben sie schon gewählt?"

Mit dieser Frage stand plötzlich der Ober neben mir. Es riss mich so abrupt aus den Träumen, dass ich nur „Nein" sagte.

„Bringen sie uns je einen Krabbensalat nach Art des Hauses", sagte Raimund einfach.

„Sehr wohl", sagte der Ober, drehte sich ab und verschwand.

Wie kommt der Kerl dazu, mir einfach einen Krabbensalat zu bestellen, ich hätte auch selbst darauf kommen können. Ich mag nämlich Krabbensalat ausgesprochen gern.

Gelesen hatte ich es in der Speisenkarte vorher auch schon.

Ganz plötzlich wurden mir meine Schuhe zu eng und ich hob die Ferse aus dem Schuh. Meine Zehen bewegten sich wie Finger und trommelten ganz leise nervös im Schuh auf und ab.

Wortlos, hin und wieder ein Blick und ein Lächeln, haben wir beide den Krabbensalat gegessen. Raimund hob sein Glas und prostete mir zu: „Hat es ihnen denn wenigstens geschmeckt?"

„Danke, sehr gut." Dabei bemühte ich mich, ein kleines Stück vom Schuppenkleid der Krabbe von der Zunge zu entfernen.

„Verena, warum sind sie so traurig?"

„Ich, traurig? Wie kommen sie darauf? Muss denn eine Frau, wenn sie alleine ausgeht, gleich traurig sein?"

„Darf ich weiter ihre Wünsche erraten und für sie mitbestellen?"

Ich konnte nur mit den Schultern zucken, nein wollte ich auch nicht sagen, denn der Kerl war nicht aufdringlich, das hatte mich angenehm überrascht. Eine Begegnung wie diese hatte ich lange nicht mehr – eigentlich noch nie!

Am liebsten hätte ich ihm gesagt, dass er ja Recht hat. Aber warum sollte ich damit einen Mann, den ich noch gar nicht kenne, mit einer solchen Bemerkung indirekt auffordern, sich fortan um mein Wohlbefinden zu kümmern?

Irgendwie fühlte ich, dass dieser Typ eine solche Aufforderung gar nicht nötig hatte. Raimund machte mich mit seiner leisen, unaufdringlichen, aber einnehmenden und bestimmenden Art dermaßen nervös, dass ich meine abwehrende Haltung immer mehr bröckeln sah.

Ich weiß nicht warum, aber irgendwas in mir veranlasste mich, diesem Kerl, an meinem Tisch etwas freundlicher entgegen zu treten.

„Natürlich, bestellen sie etwas! Hier kann man ja wohl keinen Fehler machen. Es wird alles vorzüglich sein."

„Herr Kuhn, kommen sie mal bitte?"

„Kennen sie sich schon länger, oder warum haben sie nicht Ober gerufen?"

„Ich esse jeden Abend hier, und da kennt man sich halt."

„Entschuldigen sie mich einen Moment?", fragte ich.

„Aber selbstverständlich!"

Auf dem Weg zur Toilette bin ich so aufreizend wie möglich gegangen, der Hüftschwung zog lauter Blicke auf mich. Männerblicke – aber nicht nur!

Es prickelte richtig. Warum tun Frauen das? Weshalb wollen sie, dass alles hinter ihnen her schaut? Obwohl doch gar keine Absicht dahinter steckt ... meistens!

Ich glaube, Frau will, dass die Männerwelt wie gebannt dasitzt und regungslos staunt, gespannt darauf, was noch kommt. Diese „Starre", wie durch indirekte Hypnose erreicht, hält den Mann davor zurück, sofort aktiv zu werden und seine Qualitäten zu demonstrieren. Und Frau hat die Gelegenheit, rasch wieder zu entfleuchen, bevor die „Starre" sich löst und vielleicht etwas Unvorhergesehenes passiert. Wenn Frau wirklich will, schlägt sie anders und effektiver, viel schneller zu.

Der aufreizende Hüftschwung ist also nur ein Lähmungsmittel. Er dient erst mal zum Schutz, etwas später auch zur Aufforderung.

Nie vorher ist mir das so bewusst geworden, dass man damit die meisten Männer fernhält, die man nicht interessant genug findet. Dem Mann, um den es geht, löst Frau die „Starre" ganz rasch – und anders.

Raimund hatte mir natürlich nicht hinterher gesehen. Es wäre ja auch zu einfach gewesen. Gewurmt hat es mich trotzdem, weil nur die gierigen Blicke von Herren zu spüren waren, auf die ich gut verzichten konnte.

Zwei andere Schnattergänse mussten natürlich im selben Moment auch mal kurz den Tisch verlassen. Das Gedränge in der etwas kleinen Toilettenanlage war enorm, und ich wurde neugierig gemustert.

Ich betrachtete mich im Spiegel, legte noch etwas von meinem Parfüm an, zog leicht die Lippen nach und bin wieder zurück an den Tisch geschwebt.

Ich hätte die Damen gern geschockt. Wenn ich Liebeskugeln gehabt hätte, wären die von mir am Waschtisch ausgelegt, vielleicht unter dem Wasserhahn abgewaschen und am Handföhn getrocknet worden. Aber leider hatte ich keine.

Das Essen war wirklich erste Klasse. Der Wunsch nach Fisch wurde ebenfalls erfüllt. Raimund und ich hatten inzwischen eine Menge Privates ausgetauscht und verstanden uns prächtig. Er konnte sehr charmant unterhalten und ich bemerkte, wie ich an seinen Lippen hing, wenn er etwas erzählte.

Am liebsten hätte ich ihn gefragt, wo er wohnt und ob er den Abend nicht etwas privater mit mir fortsetzen wolle.

Weshalb sagte er nichts zu mir? Hat er mein Interesse an ihm nicht bemerkt? Es passierte rein gar nichts. Er war toll und ich war bereit, etwas ganz Verrücktes anzustellen. Er hatte mich an der Angel.

Stattdessen bestellte er ein weiteres Glas Rotwein, und der Ober hatte die Gläser wohl bereits gefüllt, so schnell waren die serviert.

Es war sicher schon das dritte ... oder vierte?

Als ich das Glas anfasste, um zu trinken, hat er meine Hand ergriffen.

Endlich! Jetzt hatte ich ihn auch an der Angel –
um bei dieser Sportart zu bleiben.

„Verena" - ich war wie elektrisiert – „sie haben
mein Glas in der Hand!"

Ich muss so doof ausgesehen haben, dass man
mir die Enttäuschung an den Augen ablesen
konnte.

„Ja ... ich dachte ... ich ..., oh Gott, was passiert
hier eigentlich?"

„Ich möchte gerne mit ihnen allein sein."

„Was? Jetzt? Gleich?"

„Ja, ich wohne hier im Haus."

Ich war noch so durcheinander, so zwischen
Frust und Jubel, dass ich einfach sagte: „Also –
gehen wir."

Ich hatte überhaupt keine Hemmungen. Ein
Gast, wahrscheinlich verheiratet, dachte ich.
Ein Wiedersehen war wohl auch nicht drin,
aber ich war trotzdem froh, dass er endlich
fragte. Er hatte mich längst gefangen und ich
war bereit, wie gesagt, etwas ganz Verrücktes zu
tun. Er war mir so vertraut, ich wollte einfach
ihm gehören. Alle Bedenken und Ängste
existierten nicht mehr. Er sah mich an und
lächelte.

„Herr Kuhn, bitte setzen Sie alles auf meine
Rechnung."

„Sehr wohl, Herr Raimund."

Na so was, der ist aber guter Gast hier,
überlegte ich. Der kommt wohl doch öfter in
dieses Hotel.

„Ich würde aber mein Essen und die Getränke schon gern selbst zahlen", sagte ich höflich, aber bestimmt.

„Sie möchten mir doch den Abend nicht verderben – oder?"

Wir lehrten den Rest Rotwein und ich wollte bereits aufstehen, als plötzlich der Ober neben dem Tisch stand und Raimund einen Rollstuhl hin schob. Augenblicklich glaubte ich am Stuhl zu kleben und blickte ziemlich verdutzt drein. Raimund sagte kurz und knapp: „Könnten sie mich zum Aufzug fahren, Verena?"

„Ich weiß nicht ..." - ich war in dem Moment völlig von der Rolle.

„Es geht ganz einfach. Nur zu."

Ich hatte keine Zeit zum Überlegen, und bis in das Appartement von Raimund wechselten wir nicht ein Wort.

Allein meine Körpertemperatur wechselte ständig. Als wir dort ankamen, kehrte ich auch wieder etwas zur Normalität zurück und der anfängliche Schock legte sich.

„Sie sind so still geworden. Habe ich sie mit meiner Formel 1 für den Privatgebrauch geschockt? Ich mache etwas Musik für uns und hole eine Flasche Sekt. Sie sind eine ganz fantastische Frau", sagt er im davonfahren.

Derweil überlegte ich, was ich jetzt sagen oder tun sollte. Aber ich kam nicht zum überlegen, denn er fuhr direkt auf mich zu und hielt mir das Glas Sekt vor die Nase.

„Auf sie. Vielen Dank für den wundervollen Abend."

„Warum sagten sie mir nicht, dass sie an einen Rollstuhl gebunden sind. Das ist doch nicht schlimm."

Raimund ging gar nicht auf meine Frage ein, er lächelte mich einfach nur an. Er hatte mich mit seiner wunderbaren Art im Sturm erobert. Aber wie sollte ich bloß …?

Er nahm die Gläser, stellte sie auf den kleinen Tisch neben sich, nahm meine Hände, zog mich zu sich und küsste mich so leidenschaftlich, dass mir die Beine wegsackten. Er öffnete mir die Hose und zog sie einfach nach unten. Dabei streiften seine Hände ganz zärtlich über die Innenseiten meiner Schenkel.

Ohne irgendeinen Druck seinerseits öffneten sich meine Beine. Meine Schuhe hatte ich bereits wie in Trance abgestreift und stieg aus den Hosenbeinen.

Mein Gott, war ich hilflos, es ging alles so automatisch. Ich spürte nur, dass ich ihn begehrte, ihn haben wollte. In dem Moment dachte ich an keinen Rollstuhl, sah nicht mal einen. Mein Kopf war klar, aber ich hatte das Gefühl, völlig betrunken zu sein.

Schwindelig, mit Rauschen im Ohr, fühlte ich mich kurz vor einer Ohnmacht. Nur noch mit meinem Body bekleidet stand ich vor ihm und zitterte am ganzen Körper.

Er öffnete die Druckknöpfe im Schritt, hob meinen Body an und küsste mich auf den Bauch.

Dann packte er mich an den Hüften und hob mich zu sich auf den Schoß. Von seiner männlichen Stärke war ich beeindruckt.

Auch mit offenen Augen sah ich in dem Moment nichts mehr um mich herum. Ich spürte nur ihn und sonst nichts. Was machte dieser Mann nur mit mir? Das war auch gleichzeitig das Ende meiner Gedanken, dann wurde mir dermaßen schwindelig, dass ich in einen Rausch der Wollust geriet.

Raimund hatte begonnen, seinen Rollstuhl zu bewegen und drehte Pirouetten auf der Stelle. Schneller, immer schneller. Dabei bewegte ich mich rhythmisch auf und ab. Ich war völlig weggetreten und geriet von einem Höhepunkt in den nächsten.

Meine so toll gestylte Frisur löste sich in Wohlgefallen auf, sie flog wie ein Vorhang, von rechts nach links und von links nach rechts, über mein Gesicht.

Meine Beine versagten und lagen, von der Fliehkraft beeinflusst, ausgestreckt in der Luft. Einige Male streiften meine Füße einen Ficus Benjamini.

Plötzlich standen wir still. Der leichte Druck seines Oberkörpers gegen meine Brüste, die kräftige Umarmung und das zärtliche

Zungenspiel an meinem linken Ohr, machten mich willenlos.

Raimunds geflüsterte leisen Worte, so direkt an meinem Ohr: „Mein wundervolles kleines Mädchen, mein Herzschlag, der mich leben lässt, meine Luft, die meine Lungen füllt und mein Hauptnerv, der mich in Bewegung hält – auf dich habe ich gewartet", machten mich schwindelig.

Die gleichzeitig sanften Stöße gegen meinen Schoß, die mich tief in mir die Wonne spüren ließen, brachten mich zu einem noch nie erlebten Orgasmus.

Unglaublich befriedigt sackte ich auf Raimund zusammen und wir küssten uns so hastig, als wären wir unter Zeitdruck.

Plötzlich hörte ich ihn sagen, ich solle mich nach hinten fallen lassen. Er war, ohne dass ich es bemerkte, an sein Bett gerollt und ich konnte mich direkt rückwärts drauflegen. Ich lag da und träumte mit wachen Augen vor mich hin, sah die Decke an und lächelte zufrieden.

Auf einmal lag er neben mir und seine Hand glitt langsam, fast zurückhaltend fragend, auf meinem Bauch abwärts. Die zärtlichen Berührungen und der sanfte Druck auf mein Liebeskissen machten es mir sehr leicht, erneut gelöst seinen Forderungen nachzugeben. Diese leichten Berührungen waren wie eine sanfte Bitte, mich erneut zu öffnen.

Es ging ganz einfach, nichts hätte ich dagegen tun können. Das Spiel seiner Hände, an der Stelle die unruhig macht, versetzte mich in leichte Vibrationen.

Das Gefühl zu schweben, machte mich so unsicher, dass ich glaubte, ohne Halt abzustürzen. Ich biss in sein Ohr, um mich festzuhalten. Als Raimund mich auf sich zog, war alles Eins. Zärtlichkeit, Hingabe, Erschlaffung aller Muskeln und der Tanz durch die Unendlichkeit, außerhalb eines festen Körpers, meines Körpers. Das war Schwerelosigkeit. Ich löste mich auf, ich zerfloss.

„Würdest du mir die Freude machen und die Nacht bei mir verbringen?"

„Ob ich die Nacht bei dir verbringen will? Raimund, warum fragst Du? Ich gehöre Dir."

***

Seit einigen Jahren wiederhole ich mit Freude diesen Satz. Diese Nacht veränderte mein Leben. Ich hatte die neue Stelle nicht angetreten. Inzwischen habe ich die Leitung in Raimunds Hotel übernommen und sorge für unseren Nachwuchs.

Ich hatte nie einen Gedanken daran verschwendet, einen Behinderten zum Mann zu haben.

Seine Behinderung war nur eine Vokabel und ein Vermerk in den Papieren. Mir hat noch nie etwas gefehlt.

An jedem Weihnachtsfest spielen wir unser besonderes Weihnachtslied. „Es ist ein Ros' entsprungen". An jenem ersten Abend wurde es im Radio gespielt.

Die Nacht, als Raimund mich so unwiderstehlich liebte, machte mir eines klar. Ein Rollstuhl dient nur der komfortablen Fortbewegung.

Manchmal liebe ich es sogar, in unserer Wohnung selbst damit zu fahren. Für Raimund und mich ist er meistens unwichtig und eigentlich nicht notwendig. Nein, das ist nicht wahr – als Karussell, um schwindelig zu werden, ist er immer noch wichtig.

Hätte ich damals nicht den Job bekommen, ich wäre nie zum Friseur gegangen, hätte mir nie ein so teures Kostüm gekauft, hätte nie ein sündhaft teures Essen in diesem Hotel haben wollen, wäre folge dessen nie diesem wunderbaren Mann begegnet.

Und irgendwer hat an dem besagten Tag dafür gesorgt, dass ich vor dem Treffen mit Raimund die Begegnungen mit Rollstühlen hatte. Der Anblick war fast schon Gewohnheit, weil im Unterbewusstsein eine sanfte Vorbereitung stattfand. Es schreckte mich nicht mehr ab.

Ich verschwendete keinen Gedanken mehr daran, und eine innere Abwehr existierte einfach nicht mehr.

Das Leben ist so fantastisch.

DAS SOUVENIR
Arabische Hinweise

Der Flug nach Kairo nervte mich schon, bevor ich überhaupt die Maschine bestiegen hatte. Nicht mit der Lufthansa, sondern einer arabischen Fluglinie sollte ich fliegen. Meine Begeisterung hielt sich in Grenzen.

Mit etwas gemischten Gefühlen betrachtete ich die Crew und die Vorgänge beim Beladen des Fliegers. Eigentlich unbegründet und der Crew nicht gerecht, aber man macht sich so seine Gedanken, wenn man ein Flugzeug aus einem arabischen Staat besteigen muss, in dem fast 40 Prozent Analphabeten leben. Wenigstens bekam ich einen Nichtraucherplatz, aber leider nur am Gang.

Als ich dann meinen Sitz einnahm, konnte ich eine junge Frau als Fensternachbar begrüßen.

„Der Form halber, ich heiße Franziska."
„Alexander, angenehm!"

Mein Eindruck auf sie muss nicht der beste gewesen sein, denn sie betrachtete mich ziemlich missmutig.

Wir hatten bereits 15 Minuten Verspätung, für mich wieder ein Indiz dafür, dass manche arabische Fluglinien ...!

Meine Nachbarin schien das erste Mal zu fliegen, denn ihre Nervosität war nicht zu übersehen, hatte sie doch schon beim Start die „Kotztüte" in der Hand.

„Man weiß ja nie", entschuldigte sie sich etwas verschämt.

Ihre Verkrampfung, die Tüte war der Gewalt ihrer Hände nicht gewachsen, löste sich erst nach dem Gong, der den Startvorgang akustisch beendete.

„Kann man auch angeschnallt bleiben?", wollte sie von mir wissen.

„Natürlich – wenn sie das Flugzeug als ihren Rucksack ansehen", entgegnete ich genervt. Sie machte mich zusätzlich nervös, weil – wie gesagt, arabische Linie.

Als die Stewardess den Kaffee servierte, hielt sie sich mit der rechten Hand an der Sitzlehne fest und nahm mit der zittrigen anderen Hand den Becher. Ihre „Kotztüte" war mittlerweile irgendwo unter dem Sitz verschwunden, was sie veranlasste, mit dem Kaffee abzutauchen. Das war mit dem Anschnallgurt nicht so einfach, also half ich ihr und holte die Tüte unterm Sitz hervor.

„Erwarten sie nicht von mir, dass ich da auch helfe, wenn sie gefüllt ist", erklärte ich ihr, als sie mir die Tüte abnahm.

„Übernehmen sie sich bloß nicht. Eigentlich trinke ich ja Kaffee mit Milch und Zucker, aber dazu brauche ich beide Hände."

Ich klappte ihr Tablett vom Vordersitz nach unten und sie staunte ganz erleichtert, dass sie diesen Becher auch abstellen konnte.

„Ich, ich dachte, man müsste das Essen vom Schoß einnehmen."

Diese Bemerkung hatte ich dann einfach überhört, denn ich glaubte, dass sie mich auf den Arm nehmen wollte. Aber dann bestätigte sie mir meine Vermutung, dass sie noch nie geflogen sei und das alles wie ein großes Abenteuer für sie wäre.

Gottlob kündigte der Pilot einen ruhigen Flug an, was ich, und auch meine Sitznachbarin, mit Wohlwollen aufnahm.

„Dann brauche ich ja die Tüte gar nicht."

„Warten sie, wir sind noch nicht im Landeanflug."

„Ist das denn so schlimm?"

Unsere Konversation steckte dann etwas fest, und ich hatte Zeit, meine Unterlagen noch einmal durchzusehen. Ich hatte ja in Kairo auch noch etwas zu tun.

Es dauerte nicht lange und der Pilot teilte mit, dass die Maschine in Kürze in den Landeanflug auf Kairo gehen würde. Das mobilisierte wieder das Sprachzentrum meiner Sitznachbarin.

„Das ging aber schnell. Waren sie eigentlich schon mal in Ägypten?"

„Einmal, vor einigen Jahren. Nur für einen Zwischenstopp."

„Warum hat diese Sphinx bloß eine so lädierte Nase?"
„Wahrscheinlich hat sie zu viel gefragt und eins drauf bekommen."

Instinktiv griff sie nach ihrer eigenen Nase und schaute etwas irritiert. Das machte sie etwas sympathischer. Und dann lag auch schon Kairo unter uns. Meine Nachbarin packte erleichtert ihre so malträtierte Tüte wieder weg, als das Flugzeug aufsetzte. Ich wünschte ihr einen schönen Urlaub und war in Gedanken schon ganz wo anders.

Meine nervige Sitznachbarin führte Tagebuch, wie sie erklärte. Wann immer sie verreiste, begann sie umgehend mit Aufzeichnungen. So auch diesmal, als sie gleich im Landeanflug den Stift zückte, um ihre Erfahrungen zu notieren.

****

1. Tagebucheintrag

Jubel. Endlich habe ich mir eine Reise nach Ägypten gegönnt. Endlich kann ich die Menschen und ihre Kultur kennen lernen, über die ich seit Jahren lese. Ich freue mich riesig auf meine Reise. Gerne hätte ich sie mit einem Partner gemacht, aber der blöde Jens glaubt ja, dass Ramona besser zu ihm passen würde.

Männer können mir vorerst gestohlen bleiben.
Ich kann auch allein genießen.
Arabische Fluglinie – vielleicht gibt es
Couscous im Flugzeug. Aufgeregt bin ich auf
dem Weg zum Flughafen gewesen. Ich fliege
zum ersten Mal.

Ankunft

Ich hatte einen Fensterplatz. Anfangs wusste
ich nicht, ob es gut oder schlecht ist, solch einen
Platz zu haben. Ausgerechnet neben mir hatte
ein Holzklotz Platz genommen. Vor dem Start
sagte er, dass ich meinen Rucksack
anschnallen soll, oder so ähnlich. Blödsinn!
Jede Tüte war für ihn eine „Kotztüte". Dauernd
musste er mir alles erklären. Ermüdend, dieser
Typ. Kurz nach dem Start bereute ich es schon,
dass ich ihn angesprochen hatte. Sogar meine
Frage, weshalb die Sphinx eine so lädierte
Nase hat, nahm der Typ ernst. Sie hätte wegen
vieler dummer Fragen eins drauf bekommen.
So ein Spinner. Gottlob trennten sich unsere
Wege am Flughafen von Kairo.
Mein Zimmer ist ganz prima. Das Hotel liegt
zentral, aber man merkt es kaum, durch den
tollen Innenhof. Alles so friedlich. Palmen, ein
Teich und alles schön angelegt.
Ich werde jetzt ein Duschbad nehmen und dann
sehen, was in dem Hotel so los ist, denn
morgen soll es auf große Tour gehen.
16.10 Uhr – das Bad hat erfrischt.

Alexander

Der Grund meiner Reise war, mich mit einem Kollegen aus Teheran zu treffen, um ein gemeinsames Projekt in Kairo zu bearbeiten. Wir sollten für einen Investor ein geeignetes Grundstück suchen und da galt es, einige Hürden zu nehmen.

Den Transfer vom Flugplatz zum Hotel mochte ich nicht mitmachen und habe den Busfahrer gebeten, er solle nur mein Gepäck mitnehmen, ich würde mit einer Taxe nachkommen.

Da ich noch nie in Kairo war, wollte ich in der großen, dicken „Suppe" mitschwimmen. Für meine Ohren und meine Nase ein unbeschreibliches Erlebnis. Meine Augen hatten weniger davon, denn vorn, links, rechts, überall war nur Blech und ab und zu ein Müllberg zu sehen.

Manchmal glaubte ich, der Fahrer hätte die falsche Richtung eingeschlagen, ein Hotel kann doch hier nicht sein. Weit gefehlt, denn ein wunderschön angelegter Garten und mittendrin ein kleines aber sehr anschauliches Hotel. Es kam mir vor, wie ein kleines Paradies inmitten von katastrophengleichen Zuständen. Andere Kulturen, andere Maßstäbe. Der Kontrast ließ mich in nachdenkliches Schweigen versinken.

Mein Zimmer war sauber und angenehm mit Aircondition gekühlt. Es zog mich trotz allem unter die Dusche, unter den kühlen Strahl.

Frisch geduscht, tatendurstig und zufrieden, ging ich dann an die Hotelbar. Ein kühles Bier musste jetzt unbedingt sein. Meinen Kollegen aus Teheran konnte ich erst am nächsten Tag treffen, so hatte ich noch ein paar Stunden, die ich beschloss, ruhig und entspannt zu verbringen.

Ich hatte gerade mein Bier erhalten, als sich jemand neben mir auf den Barhocker setzte und mich anlächelte. Es war der Angsthase aus dem Flugzeug.

„Da haben wir ja das gleiche Hotel", flötete sie ganz fröhlich.

„Es sieht fast so aus. Was für eine angenehme Überraschung."

„Tatsächlich?"

Die unangenehme Betonung auf dem Wort angenehm, musste ihr wohl unangenehm aufgefallen sein, so wie sie dreinblickte.

Sie bestellte sich ebenfalls einen Drink und ich habe sie zum ersten Mal genauer angesehen. Mit ihrer strengen und glatten Frisur wirkte sie ein bisschen wie eine Gouvernante. Rote Haare, hinten zu einem Knoten gebunden. Einige waren zu kurz für den Knoten und hingen vor den Ohren am Kopf herunter.

Ihr Chiffonkleid, in fröhlichen Farben, verhüllte mehr oder weniger eine wundervolle Figur.

Ihre Oberweite weitete auch die Augen von Ali und Mustafa hinter der Theke.

Für westliche Maßstäbe war sie ein sehr angenehmes Erscheinungsbild, aber die Angestellten hinter der Bar verdrehten, obwohl sie sicher vieles gewohnt waren, etwas die Augen.

„Was hat sie denn nach Ägypten getrieben?", fragte ich sie.

„Ach, ich interessiere mich für die arabischen Länder und ihre Kultur. Ich wollte einfach mal diese gewaltigen Pyramiden sehen."

„Dafür haben sie aber sicher noch andere Kleidung, oder?"

„Zu den Pharaonen und den Grabmälern werde ich bestimmt in Discokleidung gehen. Ich habe sogar flaches Schuhwerk dafür mitgenommen. Ich habe sogar ein Kopftuch, wenn ich aus dem Hotel gehe und mich durch das Land bewege. Und sie – was treibt sie in dieses Land?"

„Ich habe beruflich hier zu tun."

Inzwischen hatte sie ihren Drink erhalten. Der große Ventilator an der Decke wehte eine ihrer Locken von der linken Kopfseite in ihr Glas, und sie drückte mit einem Finger die fünf Haare lässig über den Rand des Glases wieder nach außen.

„Ich heiße Franziska."

„Ich weiß."

Mit Daumen und Zeigefinger streifte Franziska die Flüssigkeit aus ihrem Haarstrang.

„Alexander."
„Ich weiß."
„Na, denn Prost!"

Sie schlug die Beine übereinander und schaute in die Runde. Ihre tolle Figur brachte sie mit gekonnten Bewegungen immer wieder in Erinnerung.

Wir hatten uns ein wenig unterhalten und sie fragte, ob wir das Abendessen gemeinsam einnehmen könnten, da wir wohl beide ohne Begleitung wären.

„In Ordnung, ich habe nichts dagegen."

„Er hat nichts dagegen ...", murmelte sie, stieg vom Barhocker und ging voran zum Speisesaal.

Es war interessant, hinter ihr her zu gehen. Sie lief kerzengerade und mit einer unglaublichen Selbstsicherheit. Den Tisch hatte sie mit schweifendem Blick bereits ausgesucht.

„Der in der Ecke, direkt neben der Palme, ist doch ganz schön, oder?"

Was blieb mir auch übrig – sie hatte längst ihre Wahl getroffen und dirigierte mich einfach. Das war ich als eingefleischter Junggeselle gar nicht gewohnt.

„Wie sie meinen, Franziska."

Der Ober stand gleichzeitig mit uns am Tisch und hätte uns am liebsten schon die Karte in die Hand gedrückt. Ich winkte ab.

„Alexander, glauben sie an Horoskope? Bei mir stand für heute, dass ich eine schicksalhafte Begegnung haben werde."

„Na, ich weiß nicht. Aber der Abend hat ja erst begonnen. Vielleicht erfüllt sich ja ihr Horoskop noch."

Franziska verdrehte etwas die Augen und schlug die Speisenkarte auf, die der Ober unfreundlich auf den Tisch legte, obwohl ich abgewunken habe.

Irgendwie gefiel sie mir, diese Draufgängerin. Irgendetwas hatte sie. Sie war so ganz anders als auf dem Flug. Selbstsicher und ohne Angst.

Franziska hatte mehrere Exkursionen gebucht und war für mehrere Tage unterwegs. Nach dem gemeinsamen Essen verabschiedeten wir uns, und sie drückte mir einen Zettel mit ihrer Handynummer in die Hand.

„Ich bin mir ganz sicher, dass wir uns wieder sehen."

Da ich etwa eine Woche geplant hatte, konnte es durchaus sein, dass wir uns in dem Hotel noch mal über den Weg laufen würden.

2. Tagebucheintrag

22.15 Uhr – gleich werde ich matt ins Bett fallen. Der Typ aus dem Flugzeug ist auch im Hotel einquartiert.

An der Hotelbar grinste er mich blöd an. Ich grinste höflich zurück und da ich niemanden kannte, setzte ich mich auf den Barhocker neben ihn.

Wir kamen ins Gespräch. Eigentlich war er ganz charmant. Wir unterhielten uns nett. Das Scheusal sah sogar besser aus als mein Jens. Oder war es das Licht der Bar, das ihn so vorteilhaft aussehen ließ?

Seine Hände waren interessant. Er nutzte sie im Gespräch sehr geschickt. Gepflegt waren sie! Alexander war so ganz anders als im Flugzeug. Für diesen Abend ein angenehmer Mensch, eigentlich ganz nett. Kann man sich denn so verstellen?

Er lud mich zum Essen ein. Ich hatte nichts dagegen. Ich durfte einen Tisch aussuchen und entschied mich für den kunstvoll drapierten Tisch mit einer Schale schwimmender Kerzen.

An Horoskope glaubt Alexander nicht. Da sich unsere Wege am nächsten Tag trennen, verabschiedeten wir uns nach dem Essen gleich. Als Gesprächspartner hätte er mir auf der Pyramidentour ganz gut getan, dieser Typ. Morgen geht's los – ich freue mich auf Assuan und Gizeh ... und ... und ... und. Tschüs - du Quälgeist aus dem Flieger.

23.00 Uhr – ich musste noch mal aufstehen vom Bett, meinen Kopf frei schreiben.

Er hat mir beim Abschied einen Handkuss gegeben - verheiratet ist er nicht - vielleicht

*sieht man sich. Warum mache ich mir
eigentlich so viel Gedanken?*

3. Tagebucheintrag

*Der Tag hatte es in sich. Großer Schreck in der
Abendstunde. Der zweite Bus, ca. eine halbe
Stunde hinter uns, ist überfallen worden.
Einige Touristen wurden verletzt.*

*War mein Wunsch, Ägypten zu sehen, etwa
doch nicht so gut? Um unser Hotel wurden zu
unserem Schutz Soldaten postiert.*

*Kaum jemandem hat das Abendessen
geschmeckt. Warum tut man sich das
eigentlich an, ein Land zu besuchen, in dem
man nicht willkommen scheint?*

*Wo ist die Schulter, an die ich mich lehnen
kann?*

*Die Eindrücke des Tages, kulturell und
geschichtlich, haben sich wie eine Seifenblase
aufgelöst. Ich habe fast nichts behalten. Meine
Fotos werden wohl später die Erinnerungen
lebendig werden lassen müssen.*

*Es war eine unruhige Nacht. Frühstück –
Weiterfahrt nach Luxor. Was macht Alexander
jetzt? Wieso denke ich bloß an ihn?*

*19.05 Uhr – Es war eine sehr staubige
Angelegenheit. Erst mal eine Dusche. Meine
Füße tun mir weh.*

Den ganzen Tag dachte ich, auf heißen Kohlen zu laufen. Und dieser Sand ... Sand ... Sand.

Überfälle waren nicht mehr zu befürchten, Soldaten waren überall postiert.

Von der anderen Gruppe haben sechs Leute entnervt die Tour abgebrochen. Luxor war einfach super ... geil! Die Ägypter sind eigentlich alle sehr nett.

Einer von denen sieht fast wie Alex aus - nur diese langen Nägel am kleinen Finger, ... hm!

Im Hotel soll jemand nach mir gefragt haben. Aber wer, konnte keiner sagen.

Ich habe das vielleicht auch falsch verstanden.

Morgen starten wir zur Rückreise. Eine Woche geht verdammt rasch vorbei. Ob Alex noch im Hotel ist? Ich wundere mich darüber, dass er mir immer noch im Kopf rumspukt.

Alexander

Die ganze Woche über hatte ich mit meinem Kollegen aus Teheran ein passendes Grundstück gesucht und zwei Grundstücke gefunden, alle Unterlagen besorgt und Optionsverträge ausgearbeitet. Wir haben alles aufbereitet und die Unterlagen für den Investor fertig gestellt, die ich dann in Deutschland präsentieren sollte. Meine Aufgabe war also erfüllt, ich konnte den letzten Abend im Hotel gemütlich verbringen.

Mehrere Male musste ich die Woche über an Franziska denken, die hatte sich in meinem Kopf eingenistet und vor drei Tagen war in der Zeitung zu lesen, dass ein Touristenbus überfallen wurde.

Einige Personen wurden bei dem Überfall verletzt.

Es passierte in der Nähe der Sphinx und ich hatte Sorge, dass dabei auch Franziska etwas zugestoßen sein könnte. Ich versuchte herauszufinden, ob sie zu der Reisegruppe gehörte. Aber man wusste es nicht.

Ihr Handy war auch außer Funktion. Die Ungewissheit machte mir richtig Sorgen, angesichts der Tatsache, dass in diesem Land Touristen überfallen werden.

Es war schon spät, und ich wollte gerade auf mein Zimmer gehen, da spazierte Franziska in die Hotelhalle.

Wir waren vielleicht 20 Meter auseinander, sahen uns und sind aufeinander zugestürzt. Ich erklärte ihr von meinen Sorgen, wegen der Überfälle bei den Pyramiden.

„Warum, es ist doch nichts passiert. Nichts, rein gar nichts", sagte Franziska. Wir hielten uns fest und ich gab ihr einen Kuss auf die Stirn. Sie lächelte mich nur an und umklammerte mich.

„Hat sich ihr Horoskop erfüllt?", wollte ich wissen. Jetzt merkten wir beide erst, dass wir uns in den Armen lagen und ließen voneinander los.

„Schon möglich, Alexander. Ich weiß es noch nicht genau. Schon möglich. Ich habe Hunger. Gibt es noch etwas zu essen in diesem Haus?"

„Lassen sie uns das doch einfach herausfinden."

Es gab noch etwas zum Essen. Franziska wollte nur noch schnell unter die Dusche, und ich sollte sie am Zimmer abholen. Der Platz an der Palme, den wir am ersten Abend belegt hatten, war noch frei. Wir nahmen den Tisch und saßen uns gegenüber.

„Wie war die Woche Alexander?"

„Erfolgreich."

„Schön für sie. Ich habe öfter an sie denken müssen. Manchmal sogar mehrmals am Tag. Ist das nicht verrückt?"

„Möchten sie auch einen Salat?", lenkte ich das Gespräch gleich in eine andere Richtung.

„Ja bitte."

Da die Unterhaltung eher mäßig war, beschränkten wir uns darauf, uns mehr anzusehen. Und das entwickelte sich zu einer stillen, aber lebhaften Konversation.

Es braute sich etwas zwischen uns zusammen, eine unsichtbare erotische Verbindung. Kleine Blitze, die kurz aufleuchteten, zuckten zwischen uns und ließen die Luft vibrieren.

Nach schier endlos scheinenden Minuten sagten wir plötzlich, wie auf Kommando, beide den Namen des anderen. Und gleich darauf das Wort Entschuldigung.

Wir mussten lachen. Das war die Sekunde, die uns näher brachte. Ich glaubte, dass wir uns verliebt hatten. Das untrügliche Gefühl, dass ich eingefangen wurde, hatte mich zwar beherrscht, aber die Sache ändern wollte ich deswegen auch nicht. Es gefiel mir sogar.

Ohne es auszusprechen, hatten wir beide eigentlich gar keinen Hunger mehr.

Unser Appetit lag auf einem ganz anderen Gebiet. Aber nun war das Menü bestellt. Keiner von uns beiden wollte so recht den Anfang machen, und wir stocherten lustlos in unseren Tellern herum. Plötzlich merkte ich, dass sich etwas zwischen meine Oberschenkel schob und langsam an den Reißverschluss meiner Hose gelangte.

Ich war richtig erschrocken, denn im ersten Moment konnte ich mir nicht erklären, was das sein könnte, Franziska saß mir gegenüber und hielt Messer und Gabel in ihren Händen.

„Franziska – du kannst doch nicht ...“

„Psst – lass' uns fertig essen.“

Nun war ich neugierig geworden und ließ es einfach geschehen. Sie nahm die Sache in die Hand, oder besser gesagt, zwischen die Zehen. Es waren Franziskas Füße zwischen meinen Oberschenkeln.

Als sie mit den Zehen den Reißverschluss an der Hose ganz nach unten zog, überlegte ich, wie so etwas gehen könnte.

Aber ich unterließ es, weitere Vermutungen und Fragen diesbezüglich zu äußern.

Sie schaffte es. Die Fähigkeiten ihrer zarten Füße waren enorm. Ich war ganz starr vor Erregung. Franziska sah mich lächelnd an, hob ihr Glas und sagte Prost.

Beide Füße dehnten den Hosenschlitz, ergriffen mein bestes Stück und parkten es zwischen den warmen Fußsohlen. Und es war gerade rechtzeitig, denn der Platz in der Hose wurde zu eng in der sitzenden Position. Warme Füße bei einer Frau, ein sensationelles Erlebnis.

Es war sehr beruhigend, dass die Tischdecke bis auf den Boden hing und alles verbarg, was sich darunter abspielte.

Die Bewegungen von Franziskas Füßen waren so gekonnt und zärtlich, dass ich eine wohltuende Lähmung in meinem Körper spürte. Ich konnte mich nur sehr langsam bewegen und hatte Schwierigkeiten, mein Glas zu heben und zu trinken.

Obwohl ich wusste, dass es Franziskas Füße waren, die mich da so eindrucksvoll verwöhnten, trieb mich die Neugier und ich blickte, ohne Aufsehen zu erregen, zwischen Tischkante und Bauch nach unten. Ich konnte es nur erahnen, denn die Tischdecke verdeckte alles.

Ich hielt mich mit beiden Händen an der Tischkante fest und mich durchzogen wohlige Schauer. Franziska bemerkte, welchen Erfolg sie mit ihren Bemühungen hatte und lächelte mich zufrieden an.

„Könntest du mir nachher noch ein bisschen die Füße massieren, Alex? Ich bin so viel gelaufen heute."

„Dann möchte ich das aber nicht auf die lange Bank schieben und gleich damit anfangen. Lass uns gehen."

Was mich in dieser letzten Nacht in Kairo alles erwartete, das überragte die Pyramiden. Franziska veranstaltete beim gemeinsamen Abendessen im Restaurant ein Feuerwerk unter dem Tisch – nur mit ihren Fußzehen. Meine Gedanken zuckten wie verrückt durcheinander und es beflügelte meine Fantasie. Ich wollte ihr unbedingt ... und sofort ..., ich wollte mich revanchieren.

Ich brachte sie auf mein Zimmer, um sie wortlos zu verführen. Gleich hinter der Tür befand sich ein Korb, in den ich Franziska hinein stellte, damit sie ihre Beine nicht bewegen konnte und entkleidete sie langsam.
Ich streichelte sie mit einer langen Pfauenfeder, die ich dem Korb entnahm.
Als Franziska hörbar ihre Lust offenbarte und ich es nicht mehr aushielt, trug ich sie auf mein Bett.

Es war die schönste Sex Nacht, die ich jemals erlebte. Ich glaube, auch Franziska empfand es so. Unsere erste Nacht war erfüllt von Spannung und Befriedigung, schrie förmlich nach einer Wiederholung. Franziska und ich hatten den totalen Draht zwischen uns gefunden und wir fragten uns, weshalb wir uns nicht schon viel vorher getroffen haben.

Sie sagte nur, dass ihr Horoskop wohl Recht gehabt hätte, als sie entspannt in meinen Armen lag.

Bis zu diesem Zeitpunkt durchlebten wir die schwerelosen und gigantischen Weiten der Galaxie. Ein anderer Vergleich wäre dem nicht gerecht geworden.

4. Tagebucheintrag

Alex im Hotel in Kairo wieder gesehen. Er begrüßte mich sehr nett. Sogar Sorgen machte er sich wegen des Überfalls. Süß, der Kerl. Er hatte mich umarmt, war gar nicht so unangenehm. Alex baggerte mich an, aber nicht plump. Eigentlich ein netter Typ.

Er wollte das Abendessen vom ersten Tag wiederholen. Ein Romantiker? Ich glaube, den könnte ich mehr, als ihn nur mögen. Wir waren uns wohl beide sympathisch. Aber ein bisschen schüchtern ist er doch. Wie weit werde ich bei ihm gehen können?

Mein Mut ist ungeheuer. Ich bin in einer Stimmung, die mir alles genehmigt.

Eine Stunde brauchte ich jetzt für meine Vorbereitungen. Wird es sich auch lohnen?

Körperfrische und innere Bereitschaft für ein Abenteuer bildeten eine starke Einheit. Ich tupfte noch einen Tropfen Parfüm hinter meine Ohrläppchen, kontrollierte mich im Spiegel und war bereit. Auf dem Flur wird Alex warten, er wollte mich abholen.

Es ist 20.18 Uhr. Ich bin drei Minuten zu spät, aber viel zu pünktlich für einen wartenden Mann.

Mein Horoskop für den Tag sagte, ich könnte jemand interessantes kennen lernen. Warum dachte ich eigentlich jetzt daran? Tagebuch zu, Alex wartet.

5. Tagebucheintrag

Es ist gerade 5.20 Uhr. Ich habe mich aus den Armen von Alex befreit und sitze nun bei mir im Zimmer vor meinem Tagebuch, dem ich vor dem Frühstück noch alles anvertrauen möchte.

Alex hat mein Leben verändert. Vielleicht ist es noch zu früh, das zu behaupten, aber die letzte Nacht hat mich auf den Weg gebracht und veranlasst, diesen Schritt weiter zu verfolgen.

Nachdem Alex mich abholte, sind wir ins Restaurant gekommen und ich sah den Tisch, den wir am ersten Abend auch hatten.

Es kam mir sehr entgegen, dass die Tischdecke bis auf den Boden hing. Fast jedenfalls.

Ich konnte es mir zwar nicht erklären, aber in meiner Vorstellung spielten sich bereits Dinge ab, die ich nur erahnte, aber nicht genau beschreiben konnte. Immer mehr machte sich das Gefühl in mir breit, dass ich diesen Mann wollte.

Wir saßen uns gegenüber und die Unterhaltung, die wir führten, ging völlig an mir vorbei. Seine Worte waren für mich wie eine Seelendusche, wohltuende Berührungen, von irgendwo her.

Ich genoss und handelte wie in Trance. Wie selbstverständlich nutzte ich nun die weit herunterhängende Tischdecke für meine Zwecke.

Ich öffnete mit meinen Fußzehen Alex' Hose und holte sein bestes Stück heraus, um es ein bisschen zu massieren. Alex wurde stocksteif. Bevor er in Ohnmacht fiel, sagte er endlich, dass er mit mir den Abend gerne auf dem Zimmer fortsetzen würde. Ich war am Ziel. Wenn ich jetzt überlege, was wir zum Essen hatten – ich weiß es nicht.

Wir konnten gar nicht schnell genug in den dritten Stock kommen.

Der Aufzug ließ zu lange auf sich warten. Wir zogen es vor, die Treppe zu nehmen.

Die Hände von Alex hatte ich ja schon vorher einmal erwähnt.

106

Die zarten Berührungen meines Körpers, auf dem Weg in sein Zimmer, bestätigten mir meine Ahnungen. Dornengestrüpp sticht, Brennnesseln brennen, Harz verklebt und Hagebutten jucken. Alles ziemlich unangenehm für die Haut.

Aber was die Hände von Alex betrifft ... – was für ein Gegensatz.

In einer Vase vor dem Zimmer von Alex standen ein paar lange Pfauenfedern, von denen er eine entnahm.

Im Zimmer befahl er mir, dass ich nun stillhalten müsse, so wie er im Restaurant. Er stellte mich in einen Korb, der mitten im Raum stand, kniehoch war der Korb. Ich konnte Alex nicht ansehen, er stand hinter mir.

Er löste meine hochgesteckten Haare, wühlte sie locker durcheinander und ließ sie auf meine Schultern fallen. Mein T-Shirt zog er mir langsam über den Kopf und streichelte meine Haut mit der Feder, dass sich auf meinem Rücken Gänsehaut der Lust bildete.

Ich merkte nicht wie er den Verschluss meines BH löste und der nach unten in den Korb fiel. Alex stand noch hinter mir und löste die Schleife meines Wickelrocks – sehr langsam.

Die Feder streifte vom Hals über den Rücken, den Po, und zwischen den eng aneinander liegenden Beinen nach unten. In dem engen Korb konnte ich die Beine gar nicht öffnen, bedauerlicherweise.

Seine Hände legten sich an den Hüften auf den Bund meines Slips.

Langsam glitten seine Hände nach unten und rollten den Slip dabei bis unter die Pobacken zusammen.

Kaum hörbar blies er Luft durch seine Lippen über meinen blanken Po, und die Feder verstärkte noch den leichten Wind auf meiner Haut. Meine Augenlider vibrierten, und ich glaubte am Strand zu stehen, von kleinen Windböen umspült, die mich mal von oben, mal von der Seite, dann wieder von unten überflogen und das Gefühl von grenzenloser Freiheit vermittelten. Ein Gefühl wie Fliegen.

Dabei war ich einer schonungslosen Unbeweglichkeit ausgeliefert, die fast unerträglich wurde.

Mir wurde abwechselnd warm und kalt. Mein Slip lag plötzlich auch im Korb. Alex war noch immer hinter mir. Wir redeten kein Wort. Es hätte auch nur gestört. Ich ließ mich willenlos treiben.

Dann umschlang mich Alex von hinten und hob mich hoch, wie ich da stand. Ich merkte, dass auch er nackt war. Aber wie hatte er das bloß gemacht, während er doch mit mir beschäftigt war? Ich war so erregt, dass ich am ganzen Leib zitterte.

Er legte mich bäuchlings auf sein Bett, setzte sich rittlings auf meine Oberschenkel und legte etwas zwischen meine Pobacken, die er sanft gespreizt hatte.

108

Was für eine wohltuende Wärme. Ich schloss entspannt die Augen. Die leichten Zuckungen zwischen meinen Pobacken machten mich ganz kirre.

Tropfen fielen auf meinen Rücken und der betörende Duft von Jasmin drang in meine Nase. Leichtes Massieren auf dem Rücken entspannte mich völlig.

Ein Finger seiner Hand zog vom Hals bis zum Po eine Bahn, die mich zu zerteilen drohte.

Ich hob automatisch meinen Oberkörper und musste dabei zittern. Ich merkte, wie sich warme Feuchte zwischen meinen Schenkeln ausbreitete. Ich begann zu zerfließen.

Seine Hände fanden unter meinen Achseln hindurch die weichen Seiten meiner Brüste. Er streichelte sie so zärtlich, dass es fast nicht mehr zu ertragen war, und ich musste stöhnen. Mein Oberkörper fiel wieder nach vorn und ich hob mein Becken etwas an. Es war ganz einfach. Alex kniete jetzt wohl hinter mir. Dass ich aber auch von alledem nichts sehen konnte.

Seine Hände hielten mein Becken angehoben und plötzlich merkte ich, wie Alex endlich in mich eindrang. So hart und warm, so brutal und zärtlich. Wie er problemlos durch die noch fast geschlossenen Schenkel seinen Weg fand. Ich war noch nie so vorbereitet worden, wie von Alex.

Wir verschmolzen ineinander und meine heißen und feuchten Lippen umschlossen sein Glied, sogen es gierig ein. Sein kräftiger Griff hielt mein Becken, aber meine Bewegungen konnte er nicht unterbinden.

Ich merkte, wie alle meine Muskeln begannen ihren Dienst zu versagen. Ich schwebte schwerelos und es durchströmte mich ein Gefühl, das ich nicht in der Lage bin zu beschreiben.

Als ich das erste Mal, nach einer schier endlos genüsslichen Zeit, die Augen öffnete, hielt mich Alex fest in seinen Armen.

„Franziska, ich liebe deine Füße."

Sein Kompliment freute mich, hatte es ihn doch sehr nachhaltig beeindruckt.

Alexander

Am nächsten Morgen sind wir nach dem Frühstück auf einen Basar gegangen, denn unser Flieger startete erst am späten Nachmittag. Ich versprach ihr ein Souvenir, das uns immer an diese Reise erinnern sollte.

Ich wollte etwas ganz Besonderes, etwas Ausgefallenes, etwas, was noch niemand hatte. Wir fanden einen Goldschmied, der aus kleinen Goldplatten Namen in arabischer Schrift stanzte. Er sprach leidlich Englisch und ich versuchte ihm zu erklären, was ich von ihm wollte.

Er blickte mich zwar verwundert an, war aber bereit, meine Bestellung anzunehmen. Die Übersetzung vom Englischen ins Arabische sollte nicht das Problem sein, wenigstens sinngemäß. Franziska sah sich gegenüber die Teppiche an.

Ich hatte eine tolle Überraschung vor. Es war etwas schwierig, aber nach etwa drei Stunden sollte ich die Bestellung abholen.

6. Tagebucheintrag

Es ist 5.26 Uhr – ich werde mich beeilen müssen. Wir werden gemeinsam frühstücken. Danach wollten wir noch auf einen Basar, unser Flieger startet erst am Nachmittag. Alex wollte noch etwas besorgen und ich schaute mir derweil die gigantische Auswahl an Teppichen an. Dieser Alexander! Ich schwebte noch immer wie auf Wolke sieben.

Alexander

Franziska und ich hatten uns überall auf dem Basar noch umgesehen und nach etwa drei Stunden bei dem Goldschmied im Laden gestanden, um mein in Auftrag gegebenes Geschenk zu holen.

Franziska schloss die Augen und ich nahm die Halskette, legte sie ihr um.

Sie stand vor einem Spiegel und machte die Augen auf. Erst jetzt blickte ich das erste Mal richtig auf das Meisterwerk, wir waren einfach sprachlos. Der Goldschmied registrierte aus einer Ecke heraus unsere Zufriedenheit und lächelte.

Die Halskette war einfach wunderschön. Der Text in arabischer Schrift war zwischen eine feingliedrige Goldkette eingehängt. Es sah für uns aus wie ein abstraktes Kunstwerk.

Am Hals von Franziska verstärkte sich noch die Schönheit des Schmuckstücks. Auch der Goldschmied war zufrieden. Die Kette kostete mich ein kleines Vermögen, aber das war mir Franziska wert.

Dann fragte sie mich: „Hat die arabische Schrift eine Bedeutung, Alexander?"

„Ja, ich möchte immer an diese Tage mit dir erinnert werden. Der Text heißt: Franziska, ich liebe Deine Füße.

Der Text war etwas intimes, deshalb auch in einer Schrift, die zuhause niemand lesen konnte. Die Schrift war schön wie ein Gemälde.

7. Tagebucheintrag

Nach einigen Stunden holte ich mit Alex bei einem Goldschmied die Überraschung ab. Ein in arabischer Schrift gestanztes Goldplättchen, mit dem Text:

> Franziska, ich liebe deine Füße <.

Eingehängt zwischen die Glieder einer wunderschönen Goldkette. Ein sehr persönliches Geschenk. Gut, dass es in arabischer Schrift ist, sonst wäre mir das zu blöd, wenn mich jeder darauf ansprechen würde.
Eine schöne Erinnerung an Kairo. Frisch verliebt verließen wir den Ort unserer Begegnung. Ägypten mit seinen Pyramiden. Die Voraussage meines Horoskops hatte sich erfüllt.

Alexander

Im Basar vermied es Franziska, sich gebührend zu bedanken, aber sie wollte es recht bald nachholen.

Der verschmitzt grinsende Händler verabschiedete uns wortreich, was wir aber nicht verstanden. Weiter hinten im Laden wurde laut gelacht. Ein fröhliches Völkchen, dachte ich. Aber bei einem so einträglichen Geschäft darf man das schon mal.

Wir verließen zufrieden den Basar und mussten uns sputen, da unsere Maschine Kairo bald verlassen würde. Als wir dann in der Maschine saßen, verabredeten wir, dass wir nicht zum letzten Mal in diesem Land gewesen sind.

Nach drei Monaten zogen wir zusammen und richteten uns ein wunderschönes Heim ein.

Ich bin zwischendurch noch zweimal in Kairo gewesen und habe mit meinem Kollegen den Investor zufriedenstellend bedient. Dabei hatte ich sehr gut verdient und wir konnten uns Dinge leisten, die vor einem Jahr noch in weiter Ferne lagen.

Meine Franziska arbeitete weiter als Bedienung in einer großen Backfiliale. Stundenweise, da es ihr Zuhause sonst langweilig geworden wäre. Ich war öfter auf Reisen und sie hatte wenigstens Kontakt und Zerstreuung. Gern hätten wir Kinder gehabt, aber es klappte nicht so recht.

Wenn ich Zuhause war, sagte sie meist ihre Stunden in der Bäckerei ab, denn wir wollten so oft wie nur möglich die Zeit gemeinsam verbringen.

Wir liebten uns über alles. Ein anderer Partner oder ein Seitensprung wäre bei uns beiden ohne Chance gewesen. Trotzdem kam es zum Eklat. Der erste ernste Krach kam auf, als wir bei einem kleinen Fest ihres Chefs eingeladen waren.

Franziska war mit einer anderen Frau aus dem Bäckereiteam befreundet und die hatte einen heißblütigen Ehemann aus dem Libanon.

Da Franziska ein Faible für Araber hatte und sie den Mann das erste Mal sah, war sie ganz hin und weg, wie ich annahm. Denn die beiden waren kaum zu trennen. Obwohl sie sich nur unterhielten.

Ich konnte aber nicht mitbekommen, worüber sie beide so heftig zu lachen hatten und etwas später genau das Gegenteil eintrat. Franziska packte ihre Sachen, verließ verärgert das Fest und ist nach Hause entschwunden.

8. Tagebucheintrag

Wie konnte Alex mir bloß so etwas antun? Der Mann meiner Freundin erklärte mir, was der Text an meiner Kette bedeuten würde. Er amüsierte sich darüber. Alex deutete und erklärte mir das anders, das ärgert mich. Kann er sich denn gar nicht vorstellen, dass Araber es lesen und verstehen können? Er müsste es doch eigentlich wissen.

Aber in die Schublade möchte ich die Kette nicht legen. Sie bedeutet mir so viel. Eine Aussprache mit Alexander muss es aber deswegen unbedingt geben.

Alexander

Zuhause machte ich Franziska eine heftige Szene und sie fand alles absurd. Wir stritten sehr heftig und Franziska fragte mich, wie ich ihr das antun konnte, einen solchen Text an die Halskette bringen zu lassen.

„Was bedeutet es denn sonst, als das, was ich dir und dem Goldschmied gesagt habe?

Wenn der Mann deiner Freundin damit ein Problem hat, kann ich es nicht ändern."

„Alex, du weißt nicht, was es bedeutet?"

„Natürlich, was denn sonst? Franziska, ich liebe deine Füße."

„Nein. Es heißt: Ich bin Franziska und liebe es zu vögeln! Jedenfalls sinngemäß, wie mir erklärt wurde!"

Nun schämte ich mich, dass meine Franziska so etwas täglich am Hals trug und entschuldigte mich. Wir ließen uns vom Mann von Franziskas Freundin den Satz, so wie er eigentlich lauten sollte, neu schreiben.

Beim nächsten Besuch in Ägypten wollten wir im Basar eine neue Kette anfertigen lassen. Das alte Goldkettchen behielten wir aber trotzdem.

Es wurde auch gebraucht, jedenfalls in ganz privater Atmosphäre. Immer dann, wenn Franziska es trug, gab es eine wundervolle Nacht oder einfach ein Abenteuer, sofort und auf der Stelle.

Die unmissverständliche Aufforderung, nur für uns und ganz privat, bereicherte unser Liebesleben ungemein.

Insofern hatte das „gemeine" Verhalten des Goldschmieds eine angenehme Nebenwirkung.

Und das Lachen im hinteren Ladenbereich konnte ich mir nun auch erklären.

Franziska hatte es damals nicht bemerkt und nun wollte ich das auch nicht noch einmal aufwärmen.